悼むひと

元兵士と家族をめぐる
オーラル・ヒストリー

遠藤美幸

いまだ戦地で眠る人、戦友への思いを胸に戦後を生きぬいた今亡き人へ、
そして、非業の死を遂げたすべての人へ

まえがき

戦場体験者との出会い

もともと戦争にはまったく興味がなかった。ひょんなことから普通の主婦が戦場体験者への聞き取りをすることになり、かれこれ二〇年以上も続けている。もう還暦を迎える年齢になったが、きっかけは二〇代の頃、たまたま飛行機の中で知り合った拉孟《らもう》戦に従軍した元飛行兵との出会いだった。その後しばらくしてから結婚し、子育てをしながら慶應大学大学院に進み(この時はイギリス近代史研究をするため)、その後、紆余曲折があり十数年の歳月を経て拉孟戦の「主婦研究者」になった。飛行機での偶然の出会いと研究者になるまでのプロセスは本文に譲るとして、拉孟戦を知らない人がほとんどだと思うので、少しだけ触れておきたい。ご多分に洩れず私も「拉孟」なんて聞いたこともなく、どこにあるのかもわからなかった。さらに拉孟がビルマ戦の一戦域と聞いても、そもそもビルマ戦がよくわからなかった。わからなくてあたりまえ。慶應大学の歴史研究者も拉孟をご存じなかったのだから。ご存じの方は相当の戦史通だ。

拉孟戦とは、一九四四年六月から九月に援蔣ルート（連合軍の補給路）を遮断するために約一三〇〇名の日本軍が中国雲南省の山上で約四万の中国軍と対決し全滅に至った戦闘（当時の軍隊では「玉砕」と呼称）のこと。数多の皇軍兵士が今もなお祖国に帰れずに中国雲南省の山奥で眠っている。防衛庁防衛研修所戦史室編の公刊戦史（『戦史叢書　イラワジ会戦――ビルマ防衛の破綻』朝雲新聞社、一九六九年）は、軍上層部に「最後の一兵まで死守せよ」と厳命された結果、拉孟守備隊が「玉砕」したことを、勇戦敢闘と讃えた感状（軍事面で特別な功労を果たした下位の者に、上位者が賞賛するために与える文書）で締めくくっており、なぜ陸続きの山上で全滅をしなくてはならなかったのか、兵士たちがどのように戦い死んでいったのか、いくら読んでも私の素朴な疑問の答えが見つからなかった。公刊戦史は、多くは戦争を企図した軍上層部の視点で書かれたものだけに、「全滅」は作戦の失敗を意味し、責任を問われるような都合の悪いことは公文書に残さない（残せない）のだ。なるほど、この傾向は現在にも通じている。

私は拉孟戦場の本当の姿が知りたくて、二〇〇二年から機内で出会った元飛行兵を皮切りに数少ない拉孟の生存者への聞き取りをはじめた。その頃、下の子どもがちょうど幼稚園に入園したので、聞き取りは幼稚園のお迎えに合わせて午後二時をタイムリミットとした。主婦と高齢の元兵士には午前から午後二時までの時間帯がちょうどよく、うまく双方のニーズが合致した。

お恥ずかしながら軍隊用語も階級も何も知らずに聞き取りをはじめた。今の私が話し手の立場なら「少しは勉強してからアポを取ってください」と偉そうにアドバイスするのだが……。知らないとはなんとも恐ろしい。図々しくもよく聴きに行けたものだ。今思い出すと穴があったら入りたい気持ちに駆られる。「佐官（さかん）」と聞いて、しばらく建物の壁や床などを塗る職人の「左官」だと思っていた（佐官は軍隊の階級）。こんなド素人に元兵士の皆さんは根気よくつき合ってくれた。当時、皆さんも八〇歳前後で気力も体力も十分ですこぶるお元気だった。若い母親が戦争に関心をもつのが意外で珍しかったのかもしれない。元兵士たちは聞き慣れない軍隊用語や地名を大学ノートに鉛筆で一つ一つ丁寧に書いて教えてくれた。どなたも戦時期の記憶力は抜群で、ビルマ（ミャンマー）の聞いたこともない地名（戦闘地）の説明には熱がこもった。果たして彼らの記憶に残っている地名は戦友が亡くなった場所だった。忘れたくても忘れられない地名。元兵士が大事に保管しているビルマの地図の戦闘場所には、死んだ戦友の名前と日付がびっしりと書き込まれていた。

私も無知を克服するために薦められた書籍を片っ端から読んでビルマ戦の知識を少しずつ身につけた。やがて元兵士の語りから、公刊戦史には必ずしも真実が書かれているとは限らないことを悟った。勇戦敢闘を讃えた文章は負け戦を覆い隠し、「次なる戦闘では決して負けないぞ」との決意表明のように読めた。戦場体験者への聞き取りを進め、米英中連合軍側の関連史料を調べていくうちに、旧日本軍が中国雲南省で行った残虐な行為を知ることになる。

こうして公刊戦史に書かれていない史実を明らかにすることが研究の主題となった。通常は後方の兵站《へいたん》基地にある慰安所が、最前線の拉孟にあり、一五名（日本人と朝鮮人）の「慰安婦」がいたことも、研究を続けるうちにわかったことだ。前人未到の山上の拉孟戦場跡に立った時、若い娘たちがこんな所にまで連れて来られて「慰安婦」にされた現実に打ちのめされた。

「主婦研究者」の気概

拉孟戦を研究してかれこれ二〇年以上になるが、聞き取りをした元将兵はビルマ戦だけでも延べ五〇〇人以上にのぼる。肩書もない「主婦研究者」が信頼してもらうには戦友会や慰霊祭に足繁く通い続けて顔を売るしかなかった。剣道の名手の元中尉に関心をもってもらうために、女性は薙刀、というアドバイスに従って薙刀を習ったこともある。絵を描くことが趣味の元大尉の絵の展覧会には必ず足を運んだ。ご自宅を訪問する際は、おじいさんたちのお世話をされている女性陣（妻、娘、「お嫁さん」）とのコミュニケーションを大事にし、今でも交流を続けている。そして戦友会では「主婦」の立場を生かしながら、食事の手配や配膳など諸々の雑用を一手に引き受けるうちに、しばらくして「お世話係」という役職（？）を得た。そんな地道な努力を重ねながらも聞き取りは思うように捗《はかど》らず、戦場体験者の口は重かった。自らを「死に損ない」と語る元軍曹もいた。元将校には数年経っても「ご婦人には拉孟は無理ですからおやめなさい」と再三忠告を受けた。皆さん、そのうち業を煮やしていなくなるだろうと思っていたかもしれない。戦場体験の聞き取りは聴く方にも相応の覚悟を要する。戦場体験者が背負ってきた重荷を半分くらい背負わなければならない覚悟だ。一介の主婦だからと甘く見られることもあったが、だからこそ気を許して本音を語ってくれたこともあった。一度扉を開けてしまったら途中で引き返すことができない道のりを歩くことになった。

話し手は時に立場上、「嘘」をつかなければならないこともある。自分に都合の良い話だけを語ることもある。家族にも戦友にも話したことのない話を打ち明けられ、「これは表に出してほしくない」と釘を刺されることもたびたび。どのような話でも自分を消してまるごと受け取ろうと決めている。なぜあの人はあの時あそこであのような「嘘」を言ったのかが分かったとき、戦場体験を聴くことの真髄に触れたように思えるのだ。

当初はビルマ戦の戦場体験者を中心に聞き取りをしていたが、次第に戦域に関係なく、中国戦線もレイテ沖海戦も、陸海軍も問わず幅広く戦場体験を聴くようになった。戦場体験者の聞き取りに残された時間はもうわずか。あれこれ選り好みしている場合でも立場でもないことに気づいた。年月を重ねるうちに、親しかった体験者が次々に亡くなっていく。戦場体験を聴くこと、戦場の実像を明らかにすること、それを次世代へ継承することが私の生涯の「ミッション」となった。

第二・五世代の部外者として

現在、二つの戦友会や慰霊祭の「お世話係」をしている。今では戦場体験者のほとんどの方が鬼籍に入った。遺族でも家族でもない部外者がそのような役目を担ってよいのかと自問しながらも、部外者だからこそしがらみがなくできること、見えてくる世界もある。戦友会や慰霊祭は心の傷跡が露わになる場でもあり癒される場でもある。生きて帰った元兵士らは家族をもてたが、父親や夫を戦争で奪われた人たちは戦後、塗炭《とたん》の苦しみを味わった。ある戦争未亡人は「娘と二人、人に言えないような暮らしを強いられ、泥水を啜《すす》って生き延びた」と涙を浮かべた。父親の顔を知らない遺児もたくさんいた。

戦友会や慰霊祭で現れる表面上の姿だけでなく、心の奥深いところに澱のように溜まっているものを見逃さないように目を凝らし耳を傾けてみると、じわじわと浮かびあがってくる諸々の感情を、この機会に掬い上げてみようと思う。戦場体験者が何を思って戦後社会を生きてきたのか。慰霊祭や戦友会に集う遺族や帰還兵の家族の思いは一枚岩ではない。そんなこんなの戦争を介したこのような場での出来事、そしてそこで織りなす人間模様や元兵士の「本音」など、人気ＴＶドラマの『家政婦は見た！』ではないが、戦友会や慰霊祭の「お世話係は見た！」というポジショナリティで、「お世話係」だからこそ見えるディープな世界を繙いてみたい。

これまで戦場体験者はもとよりその子ども世代との交流も重ねてきたが、むしろこれからは子どもや孫やひ孫の世代まで聞き取りの対象を広げるつもりだ。戦場体験を受け継ぐための「四世代物語」の実践である。第一世代の戦場体験者は存命であれば一〇〇歳超えはあたりまえ。第二世代は子ども世代で六〇代から八〇代くらいか。第三世代は孫世代で、およそ二〇代から五〇代と幅広い。第四世代はひ孫世代で平成生まれはもとより令和生まれも範疇となる。筆者は第二世代と第三世代の間を繋ぐ第二・五世代といったところ。若い人たちは戦争なんて遠い昔の出来事で今の自分には関係ないと思うかもしれないが、戦争を生き抜いた曽祖父母や祖父母が命を繋いでくれたから私たちは今を生きている。別の言い方をすれば、戦没者は未来に命を繋ぐ機会を奪われたのだ。

ロシアのウクライナ侵攻という暴挙を目の当たりにして、第三、第四世代の若い人たちも戦争がいかに人権を蔑《ないがし》ろにする破滅行為であるかを心身に深く刻んでいるにちがいない。戦争になったら若者が兵士となり、殺戮の加害者となり、無惨に殺される被害者になる。繋げるはずの命が一瞬にして奪われ、あたりまえの日常が破壊され地獄絵図と化す。

かつて若い命を散らした戦没兵士は、同世代の今の若者に何を言いたいだろうか。彼らは「お国のため」、愛する人のために命をかけて闘った。今の日本は、果たして彼らが命をかけた国に相応しい国になっているだろうか？　戦没兵士の声なき声に耳を傾けてみてほしい。生き延びた元兵士らの言葉とともに戦没兵士の言葉も若者にこそ届けたい。そして戦争の本当の姿を知ってもらいたい。八〇年近く経っても戦争の傷跡はあちこちに残っていて、いまだ癒えていない。私たちは「終わらない戦争」の中に生きている。そしてさらなる新しい戦争に向かっている「当事者」なのだ。

・本書は、生きのびるブックスのウェブマガジンにおける連載「悼むひと——元兵士たちと慰霊祭」（二〇二一年八月〜二〇二三年二月）に加筆修正し、再構成した。最終章は書下ろしである。
・特記がある箇所を除き、原則、本文中の名称、出来事の記載などは、連載執筆時のものを踏襲した。

悼むひと　元兵士と家族をめぐるオーラル・ヒストリー

第1章　九八歳の「慶應ボーイ」

「知らせたい人リスト」

二〇二一年八月八日、東京オリンピックの閉会式の日。朝からスマホに何度も見覚えのない電話番号の着信が入った。午後、気になって折り返し電話をすると、「父が今朝亡くなりました」と娘さんから知らされた。享年九八歳一一ヶ月。八年前から戦争の話を聴いていた慶應義塾大学の元学徒兵の神代忠夫《こうしろただお》さん（本人は「忠男」を使っていた）の訃報。

「『知らせたい人リスト』にお名前があったので」との娘さんの言葉に涙が溢れた。私を「最期のリスト」に挙げて下さっていたなんて……。長く患うことなく、自宅で倒れる寸前まで普通にひとり暮らしをされていた。発見者はマンションの管理人さん。天晴れな人生だ。

神代さんは慶應義塾幼稚舎（東京都渋谷区の私立小学校）からの正真正銘の「慶應ボーイ」。九〇代後半にしてダンディ。洒落た帽子を被り、上着にポケットチーフという出で立ちでいつも現れた。待ち合わせ場所は決まって慶應三田キャンパス内の「社中交歓《しゃちゅうこうかん》 萬來舎《ばんらいしゃ》（卒業生及び教職員の交流の場）」のラウンジ。戦争の話を聞きたくて出向いても、亡くなった奥様のこと、お孫さんの結婚問題、最後は独居老人の悲哀を語られておしまい、なんてことも度々あった。福澤諭吉の親戚筋のやはり慶應の元学徒兵の孫と自分の孫娘を結婚させたいと願っていた。その後、紆余曲折はあるものの、お孫さんカップルは晴れて結ばれて、二〇二一年の春に待望のひ孫が誕生した。神代さんは、今頃、先に逝った学友と「ようやく親戚になれたよな」と祝杯をあげていることだろう。

奥様のことも照れ隠しなのかユーモアたっぷりによく話された。

「戦争から帰ってきて、親が結婚しろとうるさくてね。僕は女だったら誰でもよかったんだ。ただ布団を敷くのが面倒だから、布団を敷いてくれればそれだけでよかったんだね」

その奥様が数年前に他界された。

「家内は料理だけは上手くてね。今、ヘルパーさんが作ってくれるけど味付けが口に合わなくて……。悪いから食べるけどね」

話の端々に奥様への思慕と愛情がちりばめられていて、かえって神代さんの寂しさが伝わってきた。

葬儀の席で、娘さんは次のような挨拶をされた。

「父は自分が大好き、慶應が大好き、そして他人が大好きで、思い通りに生きた人です。九〇代は慶應の学生さんをはじめ若い人に戦争の話をよくするようになりました。父は、無能な指導者により、二〇歳そこそこの若者が結婚もせずに我が子を抱くこともできずに死んでいった無念を現代の若者に伝えたいと申していました」

もちろん、戦没学生だけが無念だったわけではない。同年代の若者は既に戦地に行き、その中には独身で戦没した兵士も大勢いるし、妻子を残して亡くなった兵士の無念も察するに余りある。神代さんは百も承知でいらっしゃる。

十人十色の戦争体験

戦争を語る神代さんの忘れられない言葉がある。

「一〇人の兵隊がいれば、一〇の戦争体験がある。兵隊の数だけ戦争体験や戦争観がある」

まったくその通りだ。

第一に、配属された部隊や階級や兵科で戦争体験が異なれば、当然ながら体験談も戦争観も異なる。参戦した時期が緒戦か戦争末期の撤退戦か、戦域がどこかでも体験に違いがある。訓練もほとんどせずニューギニア戦線に送られる人もいれば、内地勤務で終わる人もいる。神代さんは後者だ。東京・六本木の近衛歩兵第3連隊（東部第6連隊）に入隊。この部隊はノモンハン帰りの古参兵が多く、神代さんも初年兵教育で相当に気合を入れられ毎日ボコボコに殴られた。半年ぶりに実家に帰ると、痣だらけの息子の顔を見て母は泣いた。その後、神代さんは浜松の第1航測連隊に所属し、主に最後まで内地勤務だった。内地だから楽というわけではないのだが、飢餓と傷病に脅《おびや》かされる南方戦線とは戦場体験がまったく異なる。

第二に、人生観や思想の違い、さらに政治観がリベラルか保守かでもその人の戦争観に影響を及ぼす。さらに、月日の流れと時世の変化で戦争観が若い頃と違ったものに「上書き」される場合もあるだろう。

最後に、戦後の生活で成功した人と、戦争で全てを失いその後も困窮に陥った人では語られる戦争も違ったものになりうる。戦時中、最下級の二等兵が、戦後に事業に成功し社会的地位も財力もかつての部隊長と逆転するケースはよくある話だ。そういう場合、戦友会や慰霊祭でかつての上官と部下の間に妙な空気が流れるのを私は度々感じた。「慶應ボーイ」の神代さんも戦争直後は生きるために新橋で「ヤミ屋」を始めたという。軍服や軍靴は高く売れたそうだ。その後、会社勤めをしたが、サラリーマンじゃつまらないからと皮製品の会社を起業した。神代さん自身、「同じ慶應の学徒仲間同士でも軍隊経験がこうも違うものか」と驚いたと語る。だからこそ、神代さんはできるだけ多くの体験を聴いて、ニュートラルに分析する視点が必要だと強調された。話を聴く私自身も、自分の思想や歴史観を物差しに、十人十色の戦争体験を色眼鏡で見てはいけないと肝に銘じている。都合の良い証言を恣意的に抽出して、自論の補強に当てはめるのはもっての外だ。

徴兵猶予停止と学徒出陣

「東京２０２０オリンピック・パラリンピック」会場の新国立競技場は、一九六四年のオリンピック会場であり、さらにアジア・太平洋戦争中に「出陣学徒壮行会」が行われた場所でもある。当時は明治神宮外苑競技場と呼ばれた。メダルを掲げた選手たちが満面の笑みで闊歩する姿をテレビ画面で眺めながら、ふと、八〇年前の同じ場所で繰り広げられた、戦地に行く大学生や生徒たちの大規模な分列行進に思いを馳せた。この場所でこのような歴史があったことをどれだけの日本人が知っているだろうか。

学徒出陣とは、戦況悪化による兵力不足を補うために、大学や高等専門学校などの学徒が学業を中断し戦場へ出征したことを意味する、いわゆる造語である。

一九四三年一〇月二一日、雨の中、首都圏の七七校の出陣学徒約二万五〇〇〇人が集結し、真剣な面持ちで分列行進をした。色彩豊かなユニホーム姿の五輪選手たちとはうって変わって、

1943年10月21日に行われた出陣学徒壮行会

学徒たちは各学校の学生服に身を包み、軍事教練用の三八式歩兵銃を担いで足に巻脚絆《まききゃはん》（ゲートル）をキチリと巻いて一糸乱れず行進した。スタンドは無観客ではなく、男女約六万五〇〇〇人の若者たちが埋め尽くした。ひときわ女学生の姿が目を引く。女学生らは学徒たちの志気を高めるために動員された。当時、女学生として参加したある婦人は「先頭の帝大生や早慶の学生は本物の銃を担いでいたが、あとの半分の学徒は木銃だったので、武器の不足に先行きを案じ、この人たちのどれだけが生きて帰れるのかと不安を覚えた」と語る。元学徒兵は、「スタンドの女学生らの白い襟が目に飛び込んできて、この娘さんたちを護るために僕は戦場に行こうと決意した」と戦後に語る。学徒や女学生の思いは各自各様だろう。それにしても、YouTubeなどで流れる東條英機が学徒らに檄をとばす有名な訓示のシーンは何度観ても何だか空虚に映る。

東京２０２０オリ・パラ開催で、確かな根拠を示すことなく「安心・安全」を連呼する当時の菅首相の姿が、戦争末期の戦争指導者の姿と妙に重なった。成算のない戦闘に多くの兵士を送り込み、「神州不滅（「神国」日本は不滅であるという意味）」を掲げて突き進む根拠なき精神論を主唱した戦争指導者とそっくりに見えてきた。

当時の戦争指導者と教育関係者の無責任と、現代の大学の戦没学徒兵への無関心に、神代さんは生き残りの学徒兵の一人として心底、怒っていた。

軍に嫌われた⁉　福澤諭吉と経済学部

元学徒兵の間で囁かれる噂に「慶應出身者は軍に嫌われていた」がある。福澤諭吉の影響下、英米の経済学や実学を売りにする学風が嫌われたというのだ。なかでも経済学部は目の敵にされたとか。物の売り買いで儲けることは英米主義的な個人主義や自由主義的行為で、戦時期の日本の指針である「滅私奉公」や「大和魂」に反するというめちゃくちゃな理屈だ。戦地で慶應だとわかると上官から「慶應出身者は一歩出ろ。福澤諭吉は国賊だ。歯を食いしばれ！」と言われ、他大学出身の兵隊よりも多く殴られたという。これも「十人十色」の体験談で、必ずというわけではないのだが、慶應嫌いはさておき、そもそも一兵卒（ひらの兵隊）を経験することなくすぐに指揮官となる学徒兵に対して、たたき上げの古参兵は相当に面白くなかったに違いない。その鬱積した思いが学徒兵への私的制裁に繋がったとも考えられる。しかし、一方

	文学部	経済学部	医学部	工学部
卒業生の割合	6.4%	51.4%	10.4%	4.0%
戦没者の割合	4.9%	56.9%	9.6%	0.5%

白井厚編『アジア太平洋戦争における慶應義塾関係戦没者名簿』（2007年）を参考に作成

で工兵隊のある中隊長は、ビルマ戦線で早稲田大学の工学部出身の兵隊が難しい計算を駆使して見事に河に橋を架けたと絶賛していた。ちなみに神代さんも経済学部だが、「慶應だから殴られたわけではない」と言っていた。

慶應の経済学部が軍隊で嫌われていたかどうかは個人的な見解によると思うが、経済学部は確かに憂き目に遭っていた。慶應義塾大学の白井厚名誉教授が独自に算出した統計（一九四一―四五年の卒業生全体の学部別の割合と予科生を除いた戦没者の割合）によると、経済学部の学生の死亡率がダントツに高かった。文学部、医学部はやや低い。工学部は入営が延期され、入営後も技術系将校なので前線に出ることが少なく、結果として戦没率が著しく低い。[1] 学部によって死ぬ確率に差が出るとは理不尽な話だ。しかしながら、大学再編の点では帝国大学や早慶はまだマシな方で、それ以外の大学では理工系以外の学科が潰されることもあった。例えば立教の文学部は潰され、学生は慶應と上智が引き受けた。経済学部に限らず、総じて文科系の学生には受難の時代だったと言える。

現在の大学進学率は五〇パーセントをゆうに超すが、白井によれば、当時の大学生は同年の男性の二パーセント程度に過ぎない「超エリート集団」であった。彼らだけを特別視するつもりはないが、戦後、各分野で存分に活躍したであろう学徒兵の戦没は、日本社会における「知的財産」の多大な損失だったと思う。慶應義塾では、出陣学徒約四〇〇人が戦没しふたたび学園に戻ることはなかった。

「出陣学徒壮行会」をサボって何処へ

軍装の神代さん

神代忠夫さんもあの日あの場所で銃を担いで分列行進したと思っていたら……。なんと学友三人で「出陣学徒壮行会」をサボったというから驚きである。

「僕らは壮行会をサボってね……どこに行ったと思う？」とニンマリ。

「あの日、家から支度して神宮外苑に行こうとしたら雨が降って来てね。相撲部と射撃部の連中も銃を担いで僕を迎えに来たんだけど、銃が濡れると後の手入れが大変だし、行ったところで東條首相の大したことない話を聞くだけだし。もう見納めかなと思ってね、三

入営前の壮行会。後列右端が神代忠夫さん。家族と学友とともに

人で日劇ダンシングチームの踊り子の生脚を拝みに行っちゃったんだ（笑）」

「（え！　マジですか……と心で呟きながら）参加が義務あるいは強制ではなかったのですか」

「大学に何人出せという割り当てはあったけど、全員出ろという強制はなかった。あの時の学徒は文系の学生が中心で理系は対象外（遠藤註：対象外でなく医学部や理科系は延期扱い）、慶應は割り当ての人数が足らなくて、医学部の学生も動員されたらしい」

それにしても驚いた。白黒フィルムの悲壮感溢れる「出陣学徒壮行会」の映像を観る限り、まさかサボって踊り子の生脚を見に行った学徒がいたなんて夢にも思わない。ついでながら、一九四三年秋頃にはまだ日劇でラインダンスを見ることができたことにも驚いた。さすが慶應？　福澤風の自由主義的な大学だから規律が緩いと思われるかもしれないが、この日に山登りに行ったという早稲田の学徒の手記もあるので、慶應だけが特殊だったわけでもなさそうだ。よく考えてみれば、七七校すべての学徒が参加したら、満員電車のサラリーマンさながら、サクサクと分列行進などできなかったに違いない。

「出陣学徒壮行の地」の碑の建立

一九九三年、「出陣学徒壮行会」五〇周年を機に、元学徒らが国立競技場のマラソンゲート近くに「出陣学徒壮行の地」の碑を建立した。毎年一〇月二一日に、元学徒らが集って追悼会を続けてきた。この慰霊碑がこの場所にある、それこそが「学徒出陣の証」であり、後世に向けてこうした歴史的事実を記憶に留めてもらいたいとの強い思いが、この慰霊碑には込められている。当事者はこの碑を「慰霊碑」と呼ぶが、一般に「記念碑」と呼ぶ人たちも多い。戦争の非体験者には「慰霊碑」も「記念碑」も大差がないように思うのだが、自分も学友のように死んでいたかもしれない当事者は、「記念」なんて何ごとか！　というのだ。よって、本文では「慰霊碑」とした。

「出陣学徒壮行会」から七〇年目の二〇一三年一〇月二一日の追悼会には、約一〇〇名の元学

神代さん。2018年11月、慶應義塾戦没者追悼会にて

「出陣学徒壮行の地」の碑（著者撮影。以下同）

徒兵と関係者が集結した。神代さんも私も参列した。二〇二〇年の東京オリンピック会場となる国立競技場の建て替えをひかえ、二〇一四年に、慰霊碑も国立競技場から一旦撤去されることに決まったので、高齢の元学徒らは「この場所での追悼会はこれが最後になるかもしれない」との思いで遠方からもやって来た。その後、「出陣学徒壮行の地」の碑は、国立競技場からほど近い秩父宮ラグビー場に移設され、彼らは移設先でも追悼会を続けた。二〇二二年、新国立競技場の完成にともない慰霊碑は元に戻されたと聞いている。

　コロナ禍で二〇二〇年の慰霊祭や追悼会は軒並み中止となり、私も神代さんにお会いすることができなくなった。神代さんと参列した最後の追悼会は、二〇一九年一〇月二一日の秩父宮ラグビー場での追悼会となった。二〇一九年の追悼会に参加した元学徒は、「最後の早慶戦（学徒出陣前の一九四三年一〇月一六日の早慶の壮行試合、のちに映画化）」ではないが、慶應の神代さんと早稲田の方の二人だけであった。

戦没学徒の追悼会のあと、神代さんとよく二人でお茶をした。

「一九年三田会（昭和一九年卒業生の親睦会）でもう僕しか残っていないからね。内地で大した戦争もしてない僕が最後に残っちゃって……。三田会の幹事だから仕方ないね」

「さっきも取材が来たけど、若い新聞記者に、『あの雨の日の壮行会はどうだったか』なんて聞かれても、ＮＨＫも撮っているし、まさか踊り子の生脚を観に行ってました、とは言えなくて困っちゃったよ、えへへ」。子どもみたいに嬉しそうに笑われる。

「脚を観に行ってたとはさすがに言えませんよね」と私も笑顔で答えたが、本当は笑えなかった。神代さんの話は笑い話になんかできないと思った。当時の学生もいまの学生と変わらない普通の若者であったという当たり前のことに気づかされた。戦時中であっても、若者は恋をし、スポーツや音楽を楽しみ、友人と語り合い泣き笑いしていたのだ。戦時中、さまざまな制約があっても彼らなりの青春があった。そんなどこにでもいる普通の学生が、軍隊に入り、「娑婆《しゃば》（地方）気分」[2]を叩き出され、「日本軍兵士」になる。そして彼らは命を賭して戦場に行った。ありふれた学生の日常が一変する現実。悲壮感漂う学徒出陣の映像を観せられるよりも、私はこのギャップに心が押し潰されそうになった。

「戦争はいけません」

二〇二一年八月一一日、亡くなって三日後に東京新聞の「発言」欄に、神代さんが書いた投稿が掲載された。題名は「親友ら多くを失った」。神代さんは二〇二一年七月中旬に同紙のテーマ投稿「戦後76年 平和をつなぐ」に応募。それが他界三日後に掲載されるなんて、なんとも神代さんらしいサプライズだ。ご本人は存命のうちに投書を読みたかっただろうが、文字通りに「遺言」となり、かえって多くの人びとにインパクトを与えるとは、最後まで粋なことをされる。ご自身は運よく生き残ったが、多くの親友らを失ったことを振り返り、文中で「戦争はいけません！」と三度も訴えている。

私は大正十一年生まれ。大学をあと少しで卒業という昭和十八年十二月、いわゆる「学徒出陣」で戦争に行きました。運の良いことに内地勤務で命を永らえ、現在九十八歳まで長生きしています。しかし、親友の多くを戦争で失いました。

戦争はいけません！　戦争は、もし戦争がなかったら親しくなれると思われる敵国の人を殺さねばならない。それもたくさん殺せば英雄となる。現在コロナ禍で亡くなった日本人、約一万五千人。先の戦争で亡くなった日本人三百万人以上といわれています。人間には寿命を全うする権利があります。

戦争はいけません。戦争は国家による犯罪と言わざるを得ません。戦争のない世界を人類はつくる義務があります。戦争はいけません！

（東京新聞、朝刊「発言」欄、傍線は筆者）

ある日、神代さんが次のように語った。

「遠藤さん、小学生に戦争とは何かをわかりやすく伝えるのにどう話せばよいと思う？」

「うーん、子どもに戦争とは何かを伝えるのは難しいですよね」と答えると、

「何、子どもは素直だからすぐわかってくれるんだ。戦争じゃなければ一人でも人が殺されたら大事《おおごと》で、殺した人の罪を問うのだけど、戦争になれば一〇〇人でも二〇〇人でも敵を殺せば褒められるんだから。人の命を粗末にするのが戦争。子どもたちはすぐにわかってくれる」

「なるほど！」

どんな人にも寿命を全うする権利がある。この当たり前の人権が世の中を見回してみると決して当たり前ではないのだ。

＊

最後にもう一つ、神代さんのパンチのある言葉をお届けしよう。

「僕は右翼も左翼も大嫌い。なぜならどちらも自分の意見が正しいと主張して自分と違う意見の人の話を聞こうとしないから。こんなに長く生きてきたけど、本当のことは半分も言っていない気がする。僕の言うことは半分くらいは嘘だから信用しちゃだめだよ」

「嘘から出た誠」ではないが、嘘の方が本当（本心）あるいは真実に近かったりして……。娘さんが葬儀の挨拶で「皆さま、こんな面白いおじいさんがいたことを忘れないでいてください」と結ばれた。ユーモアとペーソスを持ち合わせた魅力的な「慶應ボーイ」を、私は生涯忘れない。

1　白井厚編　慶應義塾福澤研究センター発行『アジア太平洋戦争における慶應義塾関係戦没者名簿』（二〇〇七年）七三頁参照。

2　軍隊では兵営の外の世界を「地方」あるいは「娑婆」と呼ぶ。軍隊が中心に位置し、その周りはみな「地方」というわけだ。初年兵教育の目的は、兵士たちの心から「地方気分」を叩き出し、「軍人魂」を入れること。学徒兵の場合は「学生気分」である。

第2章　初年兵の「ルサンチマン」

「ジャワは天国、ビルマは地獄、生きて帰れぬニューギニア」

戦友会などで、「ジャワは天国、ビルマは地獄、生きて帰れぬニューギニア」とたびたび語る元兵士たちに出会う。兵士の運命は行った先の戦場で決まるのだ。しかし兵士は戦場を選べない。行き先を知らされずに数多の兵士が海を渡った。途中、敵の魚雷攻撃で海没という憂き目に遭うことも珍しくなかった。[1] 元兵士が軍隊をもじって「運隊《うんたい》」という所以《ゆえん》である。さりとてすべてを「運命」だとするにはあまりに忍びない……。

実際に、ジャワは「天国」だったという記憶をもつ元兵士は多い。一九四二年三月、日本軍はジャワ島の戦いでは敵前上陸。「オランダ軍を追っ払ってやったから現地人に喜ばれてね……」と緒戦の「勝ち戦」を七〇数年経ても笑顔で懐かしむ元将校もいた。ボルネオ島のサラワクでは、ほとんど空爆も戦闘もなく、「やることがないから毎日釣り三昧の生活だった」と楽し気に語る軍属もいた。

一方で、インドネシアと地理的に近いパプアニューギニアでの戦場は最悪だった。なんたって「生きて帰れぬニューギニア」。それどころか「遺骨も戻らぬニューギニア」なのだ。あの「ゲゲゲの鬼太郎」で知られる漫画家・水木しげる（一九二二―二〇一五年）は、ニューギニア・ラバウル戦線の希少な生き残りである。二等兵の水木は上官のビンタの猛襲に耐え、激戦で左腕を失う不運に見舞われるが、幸運にも生きのびる。戦後、飢餓とマラリアや赤痢などの病気や深傷で死に逝く哀れな兵士の姿と戦場の不条理を戦争漫画に描いた。

さて、「地獄のビルマ」とはいかなるものか。生きて帰れるといっても、生還率は三分の一。ビルマ戦では、約三三万人の兵力が投入され、一九万人以上が生きて帰れなかった。[2]元兵士たちは「わしらの両脇には死んだ戦友がおるんだ」と両腕を振って語る。実は、戦闘で死んだ兵士は少数派。戦死者の八割近くがマラリア、赤痢、脚気、栄養失調などが原因の餓死や傷病死で、彼らの大半が戦争神経症を同時に患っていたという。[3]なかでも補給を無視したインパール作戦（一九四四年三月―七月）の敗残兵の消耗は甚だしく、ジャングルの中で動けなくなって座り込んだらそこが死に場所になった。

ある朝、同じ部隊の兵士が「今日は前を歩くから……」と笑みを浮かべてトボトボと先に歩いて行った。その後ろ姿を見送った同年兵はイヤな予感がしたそうだ。案の定、先に行った兵士は木に寄りかかるようにして息絶えていた。

「こんなジャングルで死ななくてはならない無念なわが身を、せめて同年兵の私に看取ってもらいたかったのだろう」

北ビルマのフーコンの雨期の雨量は尋常ではない。高温多湿のこの辺りは遺体の白骨化がすこぶる早かった。現地ではフーコンは「死の谷」と呼ばれる。三八式歩兵銃や防毒マスクや鉄帽などの軍装備は栄養失調で衰弱した身体には相当こたえる。銃剣を杖にする兵士もいたが、装備を軽くするため捨ててしまう者もいた。それでも最後まで……死んでも手離さなかったのが飯盒《はんごう》だった。

「彼の目や口や鼻、穴という穴に蠅が真っ黒にたかって、蛆がボロボロこぼれ落ちてきて……こっちも体力もないから埋めてやることもできなくてね、小指を軍刀で千切って持ち帰るのが精いっぱいだった。それもいつのまにかどこかに落としてしまって持ち帰ってやれなかった……」

戦場では、遺体を焼いて骨を拾うのではなく、指を切り取り、飯盒炊さんの時に焼いて骨にするのだ。

さらに兵士を看取った同年兵は語った。

「遠藤さん、何十年も前だが、慰霊祭で彼の身内に会ってもね、本当のことは話せなかったよ。何でも本当のことを話せばいいってもんじゃないんだ」

事実だけが「真実」ではない。本当のことが話せない、あるいは嘘をつかざるをえない、そこに「真実」が隠されている。そして「真実」を明らかにしたからといってそれで終わりではないのだ。事実を探求する歴史研究者の端くれとして肝に銘じておきたい。

二〇代から三〇代の若い兵士らが飢えと傷病に身も心も蝕まれ、道なき道に白骨化した屍を累々と重ねる惨状は、間違いなく「生き地獄」である。兵士たちはインパール作戦の退却路を「白骨街道」あるいは死んで靖国神社で会おうという意味で「靖国街道」と呼んだ。忘れてはいけないのは、これは日本兵に限ったことではないということだ。ジャングルには英印兵も、時に現地住民の屍も散乱していた。屍に国籍も民族も階級も性別も年齢も関係ない。

木に寄りかかって死んだあの兵士は、生前、同年兵に「死んだら靖国神社には行きたくない。俺は故郷に帰るからお前もそうしろよ」と語ったそうだ。

拉孟《らもう》戦とはなにか？

ビルマ戦線といえばインパール作戦。戦史上最悪の作戦と揶揄される、まさに「地獄のビル

拉孟陣地付近からの展望（著者撮影。以下同）

恵通橋

石畳の滇緬公路（ビルマルート）

拉孟陣地（現地では松山戦役）の慰霊碑

マ」の代名詞だ。二〇二〇年から全世界に蔓延したコロナ禍で日本政府の諸々の愚策を「令和のインパール作戦」と批判するSNSをちょくちょく見かけた。現代でもインパール作戦のネガティブな影響力は半端ではない。ところで、同作戦の失策（一九四四年七月中止）の挽回を掲げて、ビルマ防衛作戦の「最後の砦」として敢行された中国雲南省の拉孟《らもう》戦（一九四四年六月～九月）となると、その認知度は途端に低くなる。[4] 雲南の戦争がなんでビルマ戦線なの？ という素朴な疑問はもっともで、鍵となるのは「ビルマルート」。ビルマルートとは、英米連合軍による蔣介石軍を支援する補給路の一つで、別名「援蔣ルート」。日本軍はこの補給路を何としても遮断し、蔣介石の息の根を止め、泥沼化した日中戦争にケリをつけたかった。そこでビルマルートの重要な軍事拠点として注目されたのが雲南省西部の二〇〇〇メートルの山上の拉孟。この地は古くからシルクロードとして栄えた交通の要衝だった。ちなみに拉孟とは日本軍が勝手に付けた名前で、現地では松林の山なのでシンプルに「松山」と呼ぶ。

ビルマルート（National Archives and Records Administration コレクション）

一九四四年六月から拉孟守備隊約一三〇〇名は、物量、兵力ともに雲泥の差の中国軍四万余の猛攻と兵糧攻めにも耐えながら一〇〇日余の死闘を繰り広げるが、九月七日に力尽きて「玉砕」した。アッツ島やサイパン島などの洋上の孤島ならいざ知らず、陸続きの山上での「玉砕」は戦史上類がない。最後まで「死守せよ」。これが軍司令部の命令であった。

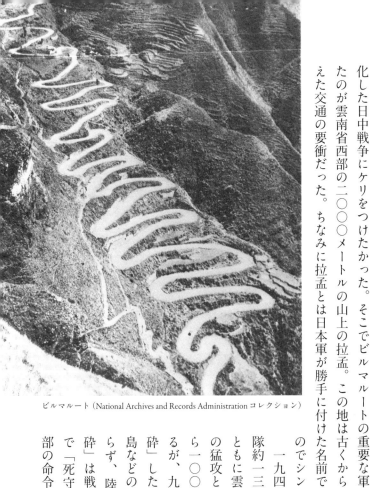

師団名	通称号(読み方)	主な編成地	編成年月日	最終所在地
第2師団	勇(いさむ)	仙台	明治21.5.14	サイゴン
第15師団	祭(まつり)	京都、豊橋	昭和13.4.4	タイ
第18師団	菊(きく)	久留米	昭和12.9.9	ビルマ
第31師団	烈(れつ)	甲府	昭和18.3.22	ビルマ
第33師団	弓(ゆみ)	仙台	昭和14.3.25	ビルマ
第49師団	狼(おおかみ)	京城(朝鮮)	昭和19.5.27	ビルマ
第53師団	安(やす)	京都	昭和18.11.19	ビルマ
第54師団	兵(つわもの)	姫路	昭和15.7.10	ビルマ
第55師団	壮(そう)	善通寺	昭和15.7.10	プノンペン
第56師団	龍(たつ)	久留米	昭和15.7.10	タイ

ビルマ戦線の師団の通称号と編成(1945年8月)

私は二〇一二年と二〇一九年、二回拉孟を訪れた。

二〇〇メートル四方の山上陣地の眼下に大蛇の如く蛇行する怒江が流れ、恵通橋という吊り橋が架かっている。山頂からの眺めは圧巻だ。日本を発ち航空機を何度も乗り換え、雲南省に入ってからも滇緬公《てんめんこう》路《ろ》(中国のビルマルートの呼称で滇は雲南、緬はビルマ)を車で延々と走り続けた。中国大陸はとてつもなく広い。雲南独特の赤土の山肌が続く。七〇数年前もこのような景色を見ながら(といっても夜間行軍が多かったが)兵士らは歩いて、ひたすら歩いて、拉孟までたどり着いた。気が遠くなるような道程だ。二〇一二年に一緒に拉孟を訪れた元兵士の平田さんは「通常装備に加えて四〇キロの弾薬箱を担いで、滇緬公路の石畳を見ながら黙々と歩いた」と語った。平田さんは初年兵。弾薬箱を降ろして息つく暇なく分隊全員の飯炊きが待っていた。平田さんは、日本兵と中国兵の最下級兵士の「共通点」を二つ教えてくれた。一つは、自分にかまう時間がないので軍服や身体が一番汚れている。もう一つは、日本兵は全員の飯盒を担ぎ、中国兵は大きな「支那鍋」（当時、中華鍋をこう呼んでいた）を背負っているのが一番下っ端。ある時、川のほとりで支那鍋に出くわした平田二等兵は、とっさに互いの立場を悟ってなんとも不思議な共感を覚えたそうだ。「腹が減っては戦ができぬ」。交戦は二の次で、別々に米を研ぎ、そそくさと部隊に戻った。

ここに示した表のように、ビルマ戦線には日本各地から兵士が集められ、一〇師団以上が従軍した。なかでも雲南戦場の主力は、九州久留米の龍《たつ》兵団。[5] 筑豊炭田の炭鉱夫も多く、「タコツボ（一人用の小さな散兵壕）」掘りもお手のもの。日本陸軍の屈指の「強兵」と謳われた。拉孟守備隊はその先鋭部隊。雲南戦場には龍兵団以外に、勇兵団、安兵団、祭兵団、狼兵団も馳せ参じた。平田二等兵は安兵団１１９連隊（野中大隊）の機関銃中隊。歩兵の「花形」だ。

「安《やす》はやすやす祭《まつ》り上げ、龍《たつ》と勇《いさむ》がしのぎを削る」

元兵士たちが集う戦友会では仲間内にしかわからない隠語が飛びかう。女子高生の「ＪＫ言葉」ではないが、戦友会ビギナーには隠語は意味不明。私も最初はほとんどおじいさんたちの話についていけなかった。「安はやすやす祭り上げ、龍と勇がしのぎを削る」。これはビルマ戦線の元兵士、なかでも龍や勇の元兵士がよく口にするフレーズ。彼らは、「ビルマ戦線に祭と安がノコノコやって来たから負けたんだ」と事あるごとに話のネタにした。東北の勇兵団は東北人らしく寡黙で忍耐強く戦争がうまい。よって、龍と勇が雲南戦場で激しく競い合いながら戦果を挙げている最中に、祭と安が足を引っ張ったとでも言いたいのか……。当時、関西地区の安と祭は「弱兵」の代名詞。京都弁や大阪弁を軟弱だという者もいた。大阪人は金儲けの話しかしないと嫌悪する者もいた。大阪連隊の歩兵第8連隊にいたっては、「またも負けたか8連隊」と「弱兵」のレッテルを貼られて揶揄された。このような「隠語フレーズ」とともに兵士の間でまことしやかに囁かれた。戦時中だけでなく戦後も戦友会や慰霊祭で酒が入るとつい口に出た。

雲南戦場でのこうした安兵団の扱いに、平田さんの憤怒は積もった。戦後、平田さんは梱包関係の会社を立ち上げ経済的に成功した。おそらくかつての上官より豊かな老後を送っていたであろう。白髪頭の老人となった元兵士たちはそれぞれの人生を歩んで来たのだが、戦友会や慰霊祭では不思議なもので、軍隊時代の階級がそのままモノを言う。平田さんはいつまでも一番下っ端の初年兵。ビルマ戦線の戦友会では「おー、安の初年兵か」といわれて「値踏み」されてしまうのだ。

それだけではない。戦後、平田さんはある戦友会の訪中旅行で雲南戦場を訪れた時、龍と兄弟師団の菊の元大尉に、安の野中大隊五〇〇名が、拉孟守備隊の救援のために龍部隊の「おとり」となって、滇緬公路の峠分哨《とうげぶんしょう》（滇緬公路上の要所で、その先に龍陵、拉孟、平戛《へいかつ》という日本軍の拠点に至る）の先の三叉路まで進軍したことを話すと、菊の元大尉は「龍が突破できなかった峠分哨の先の三叉路に安が進軍できるわけがない」と一蹴した。安の野中大隊が峠分哨まで達したことは同行者の誰一人信じてくれなかった。平田さんは、このときの口惜しさは生涯忘れられないと語った。野中大隊の「峠分哨の戦い」は生還した将兵の間でも黙殺され、防衛庁（当時）で編纂した公刊戦史の『戦史叢書』は言うまでもなく、第53師団（安）の部隊史にもその記録が残されていない。

平田さんは、自分が初年兵でなかったら、安兵団でなかったら、皆が信じてくれたのに違いないと顔を歪めた。峠分哨付近の「突撃山」と名づけた禿山で、数多の安の兵隊の命が散った。その後の龍陵の戦いで野中大隊はほぼ全滅したのである。平田さんは戦闘で負傷し野戦病院に送られて命を繋いだ。「安はやすやす祭り上げ、龍と勇がしのぎを削る」。これは雲南戦場を生き延びた平田二等兵には決して受け入れられないフレーズ。安だって祭だって、命を賭して戦った。平田さんは会社を次世代に譲ってからは、安の野中大隊の戦場の記録を後世に残すことに執念を燃やした。死んだ戦友のことを唯一生き残った自分が書き残さなくて誰がやると、意気込んでいた。

初年兵の「ルサンチマン」

二〇一七年九月一五日、平田さんは京都の自宅でたくさんの資料や地図を机に広げ、原稿用紙に向かったままで亡くなられていた（享年九四歳）。のちにご家族が平田さんの遺志を継ぎ残された原稿を私家版にまとめた。一九歳の初年兵が見たリアルな戦場体験が生き生きと描かれていた。しかし、安兵団の一兵卒としての積年の「ルサンチマン」の痕跡はどこにも見当たらなかった。ご家族があえて削除したとは思えないだけに、平田さんは後世に残す安の野中大隊の記録にはあえて初年兵の「ルサンチマン」を記載せずに、命がけで戦った安兵団の「矜持」を後世に残したのだ。

戦後、平田さんは龍兵団の元兵士と協力して、激しい戦闘地となった龍陵の白塔村に贖罪の気持ちを込めて小学校を寄贈した。その際、戦友会や遺族から募った建設費用七〇〇〇万円のうち平田さんが三〇〇〇万円を寄付した。安の初年兵の心意気である。

平田さんの「ルサンチマン」を少しでも軽くできないかと、私は「ビルマ戦線と龍陵の戦場」と題して平田二等兵の証言記録を論稿にまとめた。安の野中大隊の凄絶な戦争の実像の記録と日本軍による加害の実態を明らかにした。ところが、日本軍の加害の記録が平田さんには受け入れがたく、日本軍は軍規律が厳格で現地住民にひどいことはしていないと叱られた。その後二度と会ってくれなくなったのである。京都の自宅マンションまで行っても門前払い。一緒に雲南を旅し、三日三晩ホテルに泊まり込み、缶詰状態で戦争体験の聞き取りをした。こんなに凝縮した時間をともに過ごした元兵士の方はいなかった。それだけに平田さんの強固な拒絶はさすがに堪えた。しかし今となっては、この拒絶が私を鍛えてくれたと思っている。これがなかったら、私は平田さんの交錯した心の複雑な葛藤をわかったつもりで生涯わからなかった。

しばらくして、娘さんから「父は、本当は遠藤さんにとても感謝していました」と告げられ、身体の力が抜けた。

平田さんは復員した時のことを次のように記している。

> 父が畑仕事の帰りで一人待っていてくれた。駅前の広場の石に腰かけていた父が言った言葉「村で仰山の人が戦死している。三人出征して三人共戦死した家もある。うちは三人共帰って来た。お前一人位は戦死して来《ママ》れん事には、村の者に顔向けならん」
>
> 親子で人に見られないようにこっそりと村に帰った。

さらに平田さんはこう綴る。

帰りたかった日本。だが帰ったら内地は変わっていた。…生きて帰ってきた者は悪者扱いか、妬まれて、居る場所がない。帰らねばよかったのか…。

戦地に行くときは万歳三唱で送り出されて、「地獄のビルマ」から生きて帰ってきたら、父からも日本社会からも疎まれる……。その時の平田さんは「肩身が狭い」と書いている。

戦地で死んだ戦友も何のために死んだのか……。

戦後の日本は、生き延びた兵士たちには生きづらい社会に様変わりしていた。その変貌にうまく順応できる人ばかりではなかったはずだ。戦場に送られた兵士たちは、加害に加担させられるという被害を被った。戦争を起こした責任者たちは、侵略した国や地域に多大な被害を与えたと同時に、自国の人びとを戦争に駆り立て心身ともに深刻な被害をもたらしたことにもっと真剣に向き合うべきであった。これは、現代の私たちへの問いかけでもある。兵士を英雄や英霊と表面的に称えることは、そうした事実から目をそらさせようとするものでしかない。平田さんの「ルサンチマン」を深く掘り下げてみれば、「死に損なった」負い目と、ビルマに屍を晒した戦友への憐憫と、変わり身の早い戦後社会への戸惑いなどが入り混じったものだったのではなかったか、と私なりに理解している。

1　アジア・太平洋戦争における日本の海没死者の数は三五万人以上で、日露戦争の戦死者約九万人と比べてもとんでもない数である（吉田裕『日本軍兵士――アジア・太平洋戦争の現実』中公新書、二〇一七年、四二頁）。

2　全ビルマ戦友団体連絡協議会編纂委員会『ビルマ・インド・タイ戦没者遺骨収集の記録「勇士はここに眠れるか」』一九八〇年、一七頁。正確な数は兵力三二万八五〇一人、戦没者一九万八八九九人。

3　藤原彰『餓死《うえじに》した英霊たち』青木書店、二〇〇一年、八四頁。藤原はビルマ戦線全体の餓死や傷病死を、あるインパール作戦の事例から七八パーセントと算出している。

4　拉孟戦の詳細については、拙著『「戦場体験」を受け継ぐということ――ビルマルートの拉孟全滅戦の生存者を尋ね歩いて』（高文研、二〇一四年）を参照。

5　兵団とは陸軍の編成の基本単位で、歩兵4個連隊を軸に平時二万人、戦時二万五〇〇〇人が目安。軍の編成は、総軍↓方面軍↓軍↓師団↓旅団↓連隊↓大隊↓中隊↓小隊↓分隊と下に行くほど編成単位が小さくなる（『戦争の作られ方』企画発行ブリッジ・フォー・ピース（BFP）七八―七九頁）。ビルマ戦線で言えば、南方軍↓ビルマ方面軍（森）↓15軍（林）、28軍（策）、33軍（昆）↓第31師団（烈）、第33師団（弓）、第15師団（祭）、第53師団（安）、第54師団（兵）、第55師団（壮）、第2師団（勇）、第56師団（龍）、第18師団（菊）、第49師団（狼）。（　）は通称号。インパール作戦は祭、烈、弓の三師団による。

第3章　永代神楽祭と「謎の研究者」

戦友会の代表世話人に

毎年秋口に、東京九段の靖国神社から龍兵《たつ》団（九州久留米編成）の東京地区戦友会の永代神楽祭の案内状が届く。戦友会とは、戦場体験や部隊への所属体験を共有した元軍人や遺族の任意の集まりをいう。通常、案内状は戦友会の代表世話人に届くもの。これまで龍兵団の代表世話人は佐官クラスの元軍人が担ってきた。ところが、二〇一三年の永代神楽祭から遺族でも家族でもない「謎の研究者」が戦友会の代表世話人を担うことになった。これは非常に稀なことで、これこそが最大の謎。

二〇一八年一月に、龍兵団の東京地区戦友会の関昇二会長（陸士52期、元少佐）が九九歳で亡くなられ、二〇数名いた戦友（元兵士）らもほとんどが鬼籍に入り、遺族も八〇代が主力となった。戦友がいなくなった後は、できればその家族（遺族）に世話人を引き受けてもらえるのがベスト。しかし現実はそう簡単にはいかないのである。子ども世代、孫世代が、父親や祖父が関わってきた戦友会の「代表世話人」を引き継ぐことは極めて稀なこと。それ以前に戦友会は、元兵士らの手により自主的に閉じられることが一般的で、次世代に引き継ごうという発想がそもそもない。「戦に行っていない者にはわからない」。それはわが子にもわからない、わかるはずがない、と元兵士たちは思っていた。戦友会の「代表世話人」をやってもらえそうな方は見渡してもいなかった。そこで、生前、関会長が白羽の矢を立てたのが私だったのだ。

永代神楽祭とは？

靖国神社のホームページによると、永代神楽祭とは、「神霊のご命日など縁ある日に神楽を奉奏し、永代に亘って神霊を慰める祭典」と記されている。永代神楽祭には何度も参列してきたが、独特の世界観を味わえる。仕女が神霊に供物を供え、琴や笛や太鼓などで神楽を奉奏し、神職が神名を奉上し、仕女が二人で神霊を慰める舞を奉仕した後、元兵士か遺族の代表者が玉串を奉り拝礼する。ここで参列者一同も拝礼し、本殿を下がった後に、直会《なおらい》として御神前より下がった御神酒や供物などの「お頒《わか》ち（広く分ける）」、で終了。

龍兵団東京地区の永代神楽祭は、一一月二二日に靖国神社の本殿で行われる。日時は永代に変わらない。季節が良い五月と一〇月は永代神楽祭がとかく集中する。一一月以降ともなると吹きさらしの本殿にじっと座っているのは高齢者にはかなりキツイ。一一月二二日は、高齢者が集う慰霊祭としては限界の日程だ。さらに難所は本殿に上がる階段だ。足腰が弱くなってきた高齢者には寒さよりもっとキツイ。元軍人の矜持で、手を添えられるのも嫌なのだ。関会長も人の世話になるのが不甲斐ないと、永代神楽祭を辞退するようになった。ところが数年前に本殿に上がるエレベーターが設置され、便利になっただけでなく、戦友の「体面」が保たれ、安堵した。

さて、龍兵団の戦友らはなぜに一一月二二日を選んだのか？　師団の創設日というようなメモリアルな日でも何でもない。おじいさんたちはけっこう適当に日時を決めた。季節の良い時期はすでに埋まっており、一一月下旬しか空いてなかった。「11・22は語呂がいいから覚えやすい」「次の日が祝日（勤労感謝の日）だから遠方からも来やすい」とこんな具合だ。さすがに「『いい夫婦の日』だから」はなかったが。

長らく慰霊祭も戦友会も戦友らの手により日時や場所が選定されてきたが、一〇年前頃から、戦友らも歳には勝てず、次第に集まりも悪くなり、やがて訃報ばかりが続くようになった。そして九〇代の超高齢者集団による今後の慰霊祭の催行も危ぶまれ、ついに永代に神霊を慰める

靖国神社の参集殿。永代神楽祭の参列者が集まる場所。ここから本殿に上がる（著者撮影）

靖国神社での「永代神楽祭」を選択するに至った。

関会長としてはどなたか戦友の身内に、年に一度の永代神楽祭の代表世話人だけでもお願いしたかっただろうに……。熱烈にオファーした元中佐のご子息にもキッパリと断られ、おそらく関さん自身のご子息にも願いは届かず、迷った末にチョロチョロ戦友会に出入りする「謎の研究者」に行き着いた。まさにラストプライオリティ。「この人は本当に研究者なのか？　何しにここに来てるのか？」。おじいさんたちは不思議に思っていたに違いない。私は実際に戦友会の「お世話係」にしか見えない「謎の研究者」なので……。

引き継ぎ業務

二〇一三年春頃、関さんに戦友会の五人の世話人の一人になってほしいと頼まれて、私は戦場体験を聴けるチャンスが増えたと思って安直にも快諾した。関さんが亡くなる五年前のことである。五人の世話人の内訳は、九〇代の戦友が二人、七〇歳以上の遺族が二人、そして私の計五人（当時）。当時五〇歳の私が「若い」と言われるような「高齢世話人集団」である。若輩者であり「部外者」であるゆえに、率先して名簿作りや案内状作りなどの「雑用」を買って出た。関さんは脊柱管狭窄症で手術を受けたが完治せず歩くのが困難になっていた。私は永代神楽祭が近づくと、その準備に追われる関さんの手伝いになればと大田区大森の自宅マンションを度々訪ねた。関さんは奥様を亡くされ一人暮らし。耳が遠いので電話もダメ。往復葉書でのやり取りが日常となる。「〇月〇日〇時に待っています」。葉書には赤鉛筆の大きな字で用件が書かれていた。「〇月〇日〇時に必ず行きます」。私も大きな字で返信した。ＳＮＳが当たり前のこの時代にレア過ぎる体験だが、ほのぼのとした思い出である。時に往復葉書ではまどろっこしくなり、アポなしで関さんのマンションに行った。ベルを鳴らしても返事がない時は、庭に回って窓ガラスを叩く。ちょうど高校野球をやっている盛夏の頃、テレビの音量が最大で窓ガラスを何度叩いても気づいてもらえなかった。仕方なく、ベランダ越しに奇妙なダンスを踊ってみた。関さんは気づいてくれたが、目もあまりよく見えなかったようで、これさいわい。とにかくマンションの一階で功を奏した。

今思えば、代表世話人になるための「引き継ぎ業務」があの時から始まっていたのだ。関さんと一緒に名簿を見ながら、亡くなった方、その家族などを確認しながら案内状を作った。名簿作りをしながら名を連ねる戦友のこと、戦時中のエピソードをいろいろ聴けたことは何ものにも代え難い時間であった。すでに知っている方の名前を見つけると何だか嬉しくなり、ビルマ戦線の話で盛り上がった。

関元少佐の軍歴を紹介しよう。関昇二さんは一九一八（大正七）年生まれ。第56師団（龍兵団）第56連隊第9中隊、野砲兵の中隊長としてビルマ侵攻作戦に従軍する。一九四二年五月五日、同連隊は中国雲南省の山岳地帯にある拉孟《らもう》を占領。拉孟付近は両側を渓谷に囲まれ、眼下に怒江が流れている。龍兵団は山の傾斜のアップダウンを利用して二〇〇メートル四方の山上陣地を築き、中国軍の反攻に備えた。拉孟の陣地名は、音部山《おとべやま》、西山《にしやま》、関山《せきやま》のように陣地構築時の中隊長の音部、西、関の名がつけられた。野砲兵の関中隊長は、拉孟陣地で最も高い場所に大砲を撃つための観測所を置いた。関さんは陣地構築半ばの一九四二年一〇月に帰国し、陸軍科学学校に入学せよとの命令が出た。そんな関さんは、拉孟の観測所跡が「関山陣地」と名づけられたことを戦後になって知る。関中隊長は戦場で大砲を一発も撃てずに帰国せざるを得なかったことを、「軍人として不甲斐なかった」と何度も語った。戦友会で関山陣地の名前が

将校の軍装の関昇二さん

出る度に恥ずかしさが込み上げてきたそうだ。しかし、もし関さんが帰国せずに拉孟に残っていれば、関山陣地の指揮官として確実に戦死していただろう。一九四四年九月七日に全滅した拉孟守備隊約一三〇〇名は、いまも雲南の山のどこかで眠っている……。

関さんは「私は陸軍士官学校時代にたまたま数学が得意だったから日本に呼び戻されたのだ」と語った。科学学校ではウラン化合物の授業もあったようで、旧日本軍も核兵器製造を視野に入れていたことが想起させられる貴重な証言だが、関さんは当時の科学技術では「核兵器製造は不可能」との結論に達したという。

その後、軍隊の教育畑にいた関さんは、まさか自分の部隊が二年後に全滅するとは思ってもみなかった。関さんは指揮官でありながら関山陣地に部下を残して去ってしまったことに生涯後ろめたさをもっていた。だからこそ、何としても拉孟の戦没者慰霊祭をやり続けることを願ってやまなかったのだ。

遺族同士を繋げる「ボンドガール」

戦友（元兵士）が健在の頃の慰霊祭は何ら問題なく行われていた。おじいさんたちが主導して厳かに滞りなく事が進むのである。慰霊祭でもかつての軍隊の階級が機能していた。戦時期、二等兵から上等兵の「兵隊」だった者は、現在の社会的地位にかかわらずよく動く。娑婆で代表取締役社長でも、戦友会では一兵卒として動くのだ。曹長、軍曹、伍長の「下士官」クラスはそつなく目配りをして会をスムーズに運ぶ。ここでも真の実行部隊であった。指揮官クラスはその場の重鎮として色を添える。慰霊祭の後の親睦会も中隊ごとに班分けされて、遺族も、同じ班の戦友から戦没した身内の戦時中の思い出話を聞く機会に恵まれ、亡くなった者を偲ぶことができた。私のような「部外者」も部外者として戦友や遺族の方々に正式に紹介して頂き、「この人は誰？」と訝《いぶか》られる状況に陥らなくて済んだ。

ところが、このような居心地の良い状況は長くは続かず、高齢化で毎年参加者が激減し、久しぶりにやってくる戦友は歩くのも大変そうで参加するだけで精一杯。会の運営どころではなくなってきた。次第に遺族同士の交流もなくなり慰霊祭だけ参加してそそくさと帰ってしまうようになった。これではあまりに寂しいではないか……。

「謎の研究者」は、本当に拉孟戦の研究者なのだ。一九四四年の雲南戦場のさまざまな戦闘は誰よりも熟知している。だから遺族Aさんの父上がどの戦闘でどのように亡くなったのか、あるいは遺族Bさんの叔父上と遺族Aさんの父上の軍隊での関係性もわかるのである。さらに関会長と一緒に毎年「引き継ぎ業務」をしていたことで、戦友会の会員の現状や関係性も熟知していた。「部外者」ゆえに何のしがらみもなく対応できる。これが却《かえ》って功を奏した。

　ある慰霊祭の席で、隣に座った男性の名札の苗字を見て驚いた。思い切って声をかけてみると、やはり龍陵の守備隊長であった小室鐘太郎中佐のご子息であった。龍陵とは拉孟戦の後方基地で龍兵団の歩兵団司令部があった最重要拠点。龍陵の確保が拉孟戦の大前提であった。各地の日本軍守備隊から抽出された援軍が龍陵へ次々と差し向けられるが、中国軍の甚大な兵力に龍陵守備隊は何度も全滅の危機に晒された。一九四四年九月七日、拉孟守備隊全滅の報を受け、龍陵守備隊長の小室中佐は龍陵の部隊までも無残に全滅させたくないとの思いで九月一七日、龍陵を放棄し全隊を率いて独断退去に踏み切るのだ。その後、軍司令部の辻政信高級参謀に背命行為だと厳しく咎められる。小室中佐は「私はなぜこんなに弱気になったのだろうか」と副官に述懐した。独断退去の翌日の九月一八日午後、そぼ降る雨の中、小室鐘太郎中佐は自決した。[1]ご子息は慰霊祭の席で「自決するなんて父は狂ってしまったのでしょう」と語ったが、それは違う。苦しみ抜いた末の、覚悟の上の自決であったのだ。小室中佐は「軍事日誌」を遺族に残している。ご子息は中身をほとんど見ていなかった。その中身を詳細に見れば、決して狂ったわけではないことが証明できる。

私は、半年ほどかけてご子息の自宅に通い、日誌を見せて頂いた。一九四四年七月二六日（水）の日誌には「六山敵ノ一方的戦斗ノミ子ヲ失フナヤミノ砲声胸ヲツキ涙留メナシ」とある。反撃する砲弾がないまま必死に防戦する六山の将兵を小室中佐は我が子のように不憫に思い涙していた。武器弾薬のない日本軍が唯一できる戦法は夜襲のみ。七月二八日（金）の日誌にも「六山夜襲二回、二山夜襲」。二九日（土）にも「二山夜襲」とある。何度となく切り込み隊が夜襲をかけ、山上の闇中を駆け巡った。八月になるとさらに戦況は緊迫し、八月一八日（金）の日誌には「六山三宅、荒川戦死、野中負傷、大部死傷」（傍線は筆者）と三宅と荒川両中隊長の戦死が記され、一九日（土）には「六山放棄陣地ナシ死傷全員（一週間）夜襲以外手ナシ」と窮状が記されている。この六山戦闘は第2章に登場した平田二等兵の部隊が全滅した戦闘である。八月二三日夕刻に小室中佐は師団司令部に「龍陵は連日連夜優勢な敵の空地両方面からの猛攻を受けつつあり。各部隊は奮戦これ努めあるも、現状のままでは、今二日を持久しうるに過ぎず」と事態の緊迫を打電している。[2]

慰霊祭の席で小室中佐のご子息の隣に座ったのが荒川少尉の甥御さんであった。小室中佐の八月一八日の日誌の「荒川戦死」とは荒川修治少尉のこと。小室中佐は同じ工兵の若き将校・荒川少尉を我が子のように思っていたのだ。荒川少尉の最期も凄絶だった。荒川小隊の生存者の中村上等兵によれば、武器が消耗していた中で、中国軍が投げ込んだ手榴弾の「投げ返し」を敢行するも荒川隊長は投げ返しに失敗し、眼前で爆発。顔面、蜂の巣になって爆死した。[3] 享年二四歳だった。

奇しくも戦後の慰霊祭で、龍陵で共に戦った小室中佐と荒川少尉の遺族同士が隣合わせに座った。お二人に事の次第を説明すると、お互いに会釈しながら感無量の様子であった。余計なお世話の節もあるが、縁のある遺族同士を繋ぐ「ボンド（接着剤）」になる、これも「謎の研究者」のミッションの一つだと思っている。間違ってもジェームズ・ボンドの「ボンドガール」ではないので、悪しからず……。

戦場体験を聴くということ

私はこれまで戦争の話を聴きに元兵士の証言会や講演会にできるだけ足を運んで来た。慰霊祭、戦友会にも定期的に通い続けてきた。かれこれ二〇年近く「お世話係」をしている戦友会もある。我ながら長きにわたりよくも続けてこられたと思う。ここまで年季が入ると「謎の研究者」の域を出て、プロの「お世話係」といえそうだが、あくまでも自発的なボランティア。

方法もよくわからないままに飛び込んだ戦場体験の聞き取りの世界。何をどうしてよいのかわからぬままに目の前に黙って座り続けた数年間。「謎の研究者」といわれる所以《ゆえん》だ。

さて、「歴史認識」の問題から靖国神社を忌避する研究者もいるかもしれないし、研究者のくせに「代表世話人」なんてとんでもないと批判されるかもしれないが、靖国神社に行かなければ聴けない話、出会えない人たちがいることも事実である。むしろ多面的な戦争の姿を知るためには戦没者慰霊祭や永代神楽祭に進んで参列し、そこに集う人たちの言葉にも耳を傾けるべきだ。文字史料からは見えてこない「世界」や聴こえない「声」に触れることができる。戦争の全体像だけでなく現代社会を読み解く上でも重要な手がかりになるだろう。オーラル・ヒストリー（口述の歴史）の醍醐味がそこにある。

私が聞き取りで最も大切にしているのは元兵士やその家族の方々との信頼関係である。戦争の話を聴くためには聞き手である私を信頼してもらわないとそもそも話にならないし、人の生き死ににかかわる話を深く聴くことは到底簡単なことではない。それは一朝一夕では成就しない。一般公開の証言会や講演会とは異なり、慰霊祭や戦友会は元将兵やその家族に限られているので、原則として関係者の紹介がなければ「部外者」は気軽に参加できない。例えば、少年飛行兵の戦友会（少飛会）の慰霊祭は外部に閉鎖的であったが、例年、私はその日だけ元少年兵の「娘」になって参列した。周りの方もそれを知ってか知らでか、戦友の「娘」として様々な戦場体験を話してくれた。一年に一度だけの「父」とは、亡くなるまで電話でよく話した。

縁のあった元兵士の大半がこの世を去ってしまった。深い信頼を通して、多くの戦場体験談を聴いてしまった責任が、いま、ずっしりと肩にのしかかっている。その重みは半端ではない。

透明人間になってこっそり話を聴けたらどんなに気が楽だっただろう……。

二〇二〇年一一月二二日の龍兵団東京地区戦友会の永代神楽祭は、「謎の研究者」一名と七〇代後半の遺族二名の三名のみ。今年も一〇数名に案内状を出したが、コロナ禍の中、何人参列されるかわからない。そのうち、「謎の研究者」ひとりだけになってしまうかも……。これから、元兵士の「遺志」をどのように継承していけばよいのか。実は真剣に悩んでいる。

1 陸戦史研究普及会編『雲南正面の作戦——ビルマ北東部の血戦』一九七〇年、原書房、一八〇—一八一頁。
2 防衛庁防衛研修所戦史室編『戦史叢書 イラワジ会戦——ビルマ防衛の破綻』一九六九年、朝雲新聞社、二五〇頁。
3 荒川修治少尉は軍隊手帳（日記）と寄せ書きの日章旗を遺族（実兄）に遺している。甥の荒川洋さんは、伯父の最期を知るために龍兵団東京戦友会とコンタクトをとってついにその様子を知るに至る。荒川洋さんは、荒川少尉の日記をもとに私家版『一冊の日記』と題した冊子を一九九五年五月に上梓した。中村上等兵の証言はその冊子から引用。

第4章　戦場と母ちゃん

老兵からの電話

戦場に行った息子を想う母の気持ちもさることながら、戦場で母を想う息子の気持ちもはかり知れない。一〇〇歳になる老兵でも母親のことを話すとき、声音が柔らかくなり、顔がほころぶ。元兵士の聞き取りは軍隊や戦場の話ばかりにかたよりがちだ。戦場（軍隊）だからこそ、母、あるいは恋人や妻への想いも一入《ひとしお》である。二〇二一年一〇月で百寿《ももじゅ》を迎えた大橋中一郎さん（一九二一年生まれ）もそのお一人。

コロナ禍の二〇二一年、大橋さんからちょくちょく自宅に電話がかかってきた。

九〇代後半を過ぎた元兵士たちは、一人で戦友会や慰霊祭に参加することが難しい。志願兵である少年兵でもない限り、実際に戦場に立った元兵士は概ね今では一〇〇歳以上である。戦後八〇年近くともなれば戦場を体験した生存者は残り僅かとなり、戦友会は消滅し、慰霊祭の継続も至難の業となりつつある。この傾向はコロナ禍でさらに加速した。外出が制限され、この三年近く元兵士たちや彼らの家族にも直接会える機会がめっきり減った。だからと言って一〇〇歳の大橋さんにいきなりオンラインによる面会をお願いするわけにいかない。本来、「リモート」ほど高齢者のライフスタイルを支えてくれるツールはないと思うのだが、やはり一〇〇歳はもっぱら手紙か電話である。字を書くこともどかしくなると最後に頼る手段は電話、それも「家電《いえでん》」。大橋さんは夕食後の就寝前にかけてくることが多かった。その時間、こちらは夕飯の支度でバタバタしている。天ぷらを揚げていても火を止めて、ハンバーグのひき肉をこねる手も休めて、万難を排して大橋さんの電話に出た。もしかしたらこれが最期の電話になるかもしれない。そう思うと出ないわけにいかないのだ。夕飯が少々遅くなっても、天ぷらの出来がイマイチでも仕方ないと、家族も受け入れてくれているはず……。

私から電話をかけることはめったにない。大橋さんは脊柱管狭窄症のため歩行器を使って室内を移動している。突然の電話（電話は得てして突然）に急いで対応しようとして万が一転倒したら再起不能になるから、大橋さんの都合の良いときに電話を頂くことになっている。私は大学で教鞭をとっているのだが、当時授業の大半がリモートなのもさいわいし、電話に出られる日がぐんと増えた。

大橋さんとは二〇一五年からのお付き合いである。二〇一五年一月一四日の朝日新聞の「ひと」欄に私が取材を受けた拉孟《らもう》戦の記事が載った。それを読んだ大橋さんは記事を書いた記者に問い合わせた。これが縁で私は大橋さんの自宅をたびたび訪れ、ソ連と満州の国境警備と中国における「大陸打通作戦」[1]の戦場体験を数年かけて聴いた。それにしてもコロナ禍の三年のブランクが高齢者の心身に及ぼす影響は想像以上に大きかった。「最期のお別れ」も出来ずに旅立たれた元兵士の方も何人もいる。電話による聞き取りが実現できるのも、思えば耳が聞こえる限られた方だけである。

手渡されたノートの切れ端

二〇一五年一〇月、大橋さんの自宅に三回目の訪問をしたとき、大橋さんから手渡されたノートの切れ端には鉛筆でこう書かれていた。

遠藤さんは戦友会の雰囲気を持っている。

「我が戦場体験を話す」と。遠藤女史にはじめて会った。わたしはなぜか「戦友会」で話している気分になって、(相手はご婦人なのに)…さらけ出しの気分だ。

戦友会は軍隊当時の階級、年功、実践力…などすべてそのままの戦さ友の会。そこでは今の社会的地位は関係ない。戦場での厳しい活動から生まれた連帯感がある（未体験の人にはわからないだろう）。

当時の軍隊序列で宴席が自然に治まる。

遠藤女史。長い間、そのような戦友会の世話をされてこられたと…。あ。それで――。今や年老いた戦士の気持を知り応待されてこられたのだろう。すでに『「戦場体験」を受け継ぐということ』という著書を出されている。

遠藤女史のインタビューに答え、わが軍隊体験を話すことは大変意義のあることだ。

大橋さんのいう「戦友会の雰囲気」ってどんな雰囲気だろう？　当人はいまだに明確な回答に至っていないのだが、何はともあれ、「主婦研究者」冥利に尽きる。

母ちゃんのバカ

大橋中一郎さんは、一九二二（大正一〇）年に新潟県で生まれた。幼少期は東京都杉並区で過ごした。父親は阿佐ケ谷駅北口の商店街で大橋洋品店を営んでいた。大橋さんは長男で一人息子、妹が二人いた。

自宅のすぐ近くの杉並第一尋常小学校（現・杉並第一小学校）に入学。子どもの頃、大橋少年は学校の勉強はあまり好きではなかった。学校から帰るとカバンを放り出しすぐさま遊びに行った。よく母に「勉強しなさい」と叱られた。そんなある日、そっと遊びに行こうとしたら母に見つかり、部屋で勉強をさせられる羽目に……。うっぷん晴らしに、大橋少年の出た行動が半端ではない。墨汁がたっぷりの筆で、障子いっぱいに「母ちゃんのバカ」と大きく書いた。よくぞやったもんだが、その時の母ちゃんも負けていない。息子の行動に知らん顔。何日も障子は張り替えずにそのまんま。当時は気さくな近所付き合いがふつう。遠慮なく人が家に上がり込んで来る。「これは何？」と来る人、来る人に驚かれたり、笑われたり。さすがの悪たれ小僧も居たたまれなくなって、自ら障子を下から全部破って紙なし障子にした。神主の娘で、商家に嫁いだ母は、よそ様から品の良い人と褒められていた。しかし、優しいだけじゃない。時に厳しく芯が強い女性だった。大橋さんはそんな母ちゃんが大好きだった。

大橋中一郎さん（2020年1月著者撮影）

一九四一年一二月八日、アジア・太平洋戦争の開戦時、大橋中一郎さんは二〇歳。この年、徴兵検査を受け、翌年一月に東京東部第6連隊に現役兵として入営。現在の東京ミッドタウンのサントリー美術館があるビル群の辺り。大橋さんは二〇歳から二三歳の若盛りに、開戦から敗戦までの三年八ヶ月の間、ずっと中国の戦場にいた。いま、このような元兵士を探しても見つけられないだろう。

「お国」のために兵役につくのが日本男児の本懐だった時代。両親も「死ぬな、行くな」とは表立って言わなかった（言えなかった）。

千人針

息子や夫、兄弟や恋人を戦地に送る女性たちは、街角に立って、知り合いの女性や時に通りがかりの見知らぬ女性にも「千人針」をお願いした。一メートルくらいの長さの白い布に、赤い糸で千人の女性に一人一針ずつ縫って結び目を作ってもらう。

これは兵士の身内の女性たちが作った「武運長久」と無事を祈るお守りのようなものだ。白い布に虎の絵図を刺繍で描いたものも多くあった。なぜ虎かというと、虎が「一日に千里を行き、千里を帰る」という虎の言い伝えにあやかっているからだ。遠くに出兵した兵士に故郷に戻ってきてほしいとの思いからか。特に寅年の女性は、その人の年齢だけ縫うことができたの

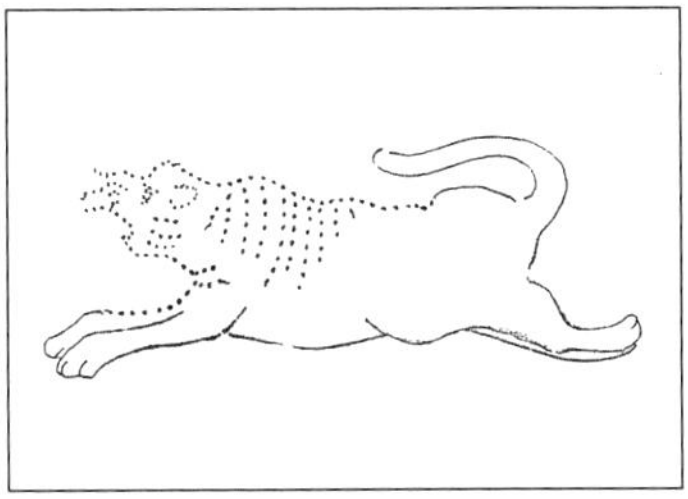

千人針の虎の意匠（大橋さん提供）

で重宝がられた。さらに白い布に五銭硬貨や十銭硬貨を縫い込んだ。「五銭」は「死線（しせん＝四銭）」を越え、「十銭」は「苦戦（くせん＝九銭）」を越えると考えられ、「千人針」には愛する人の無事を祈る女性たちの思いが込められていた。多くの兵士がこの「千人針」を弾丸除けのお守りとして身に付け戦場に立った。

大橋さんの「千人針」は、母と妹たちが作ってくれた。大橋さんもこれを腹に巻いて出陣。大橋さんは中国湖北省の白螺磯《はくらき》で敵機の爆撃を受けた時、タコツボ（砲撃や銃撃から身を守る一人用の壕）で腹の「千人針」に手を当てた。タコツボから夜空の月が大きく見えた。その時、ふと母を思い出した。月が鏡で、母の顔が映ってほしいと切に思った。この時もなぜか父の顔は出て来ない。父親は不憫だけど何処もそんなもの。

初年兵教育

軍隊に入営すると「初年兵」と呼ばれる。そして、兵隊の基礎訓練である「初年兵教育」が行われる。入隊初日、二日目までは「お客さん」扱いだが、三日目には「お客さん扱いは今日までだ」と古年兵（先輩の兵）の罵声に怯える。一人前の兵士になるために徹底的にしごかれる。軍服を着る。身に付けているものも軍隊特有の用語で呼ぶ。例えば、上着は軍衣《ぐんい》、シャツは襦袢《じゅばん》、スリッパは上靴《じょうか》、ゲートルが巻脚絆《まききゃはん》という具合だ。これまでの元兵士たちの聞き取りで、「上官に上靴で顔が変わるぐらい殴られた」と度々聞いていた。無知だけに最初はトランプの「ジョーカー」しか思い浮かばなかったが、上靴でボコボコに殴られたら確かに人相が変わるだろう。

初年兵は「内務班（兵営の中で兵士がともに寝起きをする最小の単位）」を基本に軍人精神を叩き込まれる。「ハイ、〇〇であります」。初年兵教育は敬礼と返事で始まる。初年兵は右を向いても左を向いても皆古年兵ばかり。機敏な動作と大きな返事が鉄則だ。集合に遅れるなど、のろまでもたもたしている兵隊は古年兵からビンタを喰らう。連帯責任を課せられることもたびたび。

軍隊は階級がすべて。入営前の学歴も職歴も家柄も一切関係ない。一般常識は通用しない。頭を空っぽにして上官の命令に無条件で従う兵隊をつくる。上官の「突撃」命令で敵陣に突進する、それが兵隊だ。そこに個人の見解は必要ない。

初年兵教育が厳しくて、その理不尽さに耐えかねて逃亡する者もいた。大橋さんもある初年兵が逃亡したのを覚えている。彼はまもなく捕まり、軍隊に戻された。この兵隊は三年経っても星一つの二等兵のままだった。

母ちゃんを思う気持ち

大橋さんは、厳しい初年兵教育の最中、母ちゃんに会いたい気持ちと、どのようにその思いを律するかのせめぎ合いに苦悩したと語る。

心の中で、白い紙に一メートルほどの横線をすっと描いた。今日はこの線まで母ちゃんに会いたい。明日はこの線まで……と今日より会いたい（帰りたい）気持ちの線を短く描いた。「母ちゃんに会いたい、母ちゃんに会いたい……」その一心でこんなことを毎日心の中で思い描きながら初年兵教育を耐えたそうだ。いっぱしの日本男児といえどもまだ二〇歳の若者である。

母を想う息子の気持ちがとても切ないエピソードである。

初年兵教育中に、高山という名の優秀な同年兵がいたそうだ。大橋二等兵と高山二等兵は共に「飯上げ（兵士に食事を運ぶ）」の任務についた間柄だった。

ある時、高山二等兵に「母死去」の訃報が届いた。にもかかわらず高山二等兵は帰宅を許されなかった。非常に優秀な兵隊であったが、母の死を境に彼の様子がおかしくなり、度々訓練中に「頭が痛い！」と頭を抱えてしゃがみ込むようになった。しまいには訓練が出来なくなり、いつの間にか兵営から姿が見えなくなったそうだ。

大橋さんは高山二等兵があのあとどうなったのか知る由もないが、母の死がきっかけで彼の精神がおかしくなったと思ったそうだ。

晩年の老兵たちの言葉

大橋さんだけではない。さまざまな事情で戦友会にも慰霊祭にも参加できなかった元兵士たちから、戦場体験で思い出したことがあると、「遠藤さん、○○を思い出したから」と電話がたびたびかかってきた。あるいは戦争ものの映画や番組に登場する俳優の軍装や時代背景がちぐはぐだと教えてくれる方もいた。「思い出したことがあったらどんなことでも話してください」と、私が日頃からお願いしているからでもあるが、実はおじいさんたちは自分の話を、戦場の話だけでなく、今のことも含めて誰かに聴いてもらいたかったのだと思う。自身の健康状態や孫の自慢話や若い時の夢ややりたかったこと、いま取り組んでいることなどを一生懸命に話された。耳が遠いのでどちらかというと一方的に話されることが多かった。何度も同じ内容を聴いた。何度でも話したい話こそ、当人にとって生涯忘れがたい話なのだ。だからいつもはじめて聴く気持ちで聴くように心がけた。

拉孟戦で飛行隊長をしていた小林憲一中尉は晩年、戦争で閉ざされた若いころの夢を最期まで熱く語った。ニューヨークにあるコロンビア大学に留学することが小林さんの夢だった。いつも英会話のＣＤを枕元に置いて、亡くなるまで好きな英語の勉強を続け、その成果を電話で話されていた。少年飛行兵としてシンガポールで航空整備を担っていた小野豊中尉も、「多くの特攻兵を見送った悲痛な体験を分かち合える戦友がいなくなった」とよく電話口で話されていた。私は相槌を打つことしかできなかったが、「遠藤さんと話していると戦友と話しているようだ」という小野さんの穏やかな口調を思い出す。

大橋さんは「軍隊生活は理不尽で厳しいことばかりでない」と語った。軍隊に何年も身を置いた兵士にしか分からない兵隊同士の人情の機微ともいおうか、軍隊内にも「人間味のある」体験があったことを知ってもらいたいと語った。

厳しい軍事訓練や死と隣合わせの戦場で、母ちゃんに無性に会いたくなる気持ちに戸惑う大橋二等兵の心情には胸が詰まった。大橋さんはこのような母を思慕する気持ちをこれまで戦友にも誰にも話すことはなかった。反面、息子を戦場に送った母親の胸の内も想像に難くない……。

最期の言葉は「お母さん」

これまで二〇年以上にわたり陸海軍問わず元兵士に戦場の話を聴いてきたが、死にゆく戦友

エンガノ岬沖で沈む瑞鶴（The U.S. Navy Naval History and Heritage Command）

の最期の言葉は「お母さん」がダントツ。独身の若い兵士らが多い軍隊だから無理もないのだが、哀しいかな、「お父さん」は一度も聴いたことがない。

満一四歳で「海軍特年兵」[2]に志願した近藤恭造さん（九二歳）は、一九四四年一〇月一九日に、第1機動艦隊の旗艦の空母「瑞鶴《ずいかく》」にいわゆる小沢囮《おとり》艦隊の通信兵として乗艦。当時まだ一五歳だった。一九四四年一〇月二五日、レイテ沖海戦[3]で瑞鶴は米軍の魚雷攻撃を受け撃沈。退艦命令が出て、近藤さんは着衣のまま海に飛び込んだ。沈没時に生じる渦に巻き込まれないように必死に泳いだ。瑞鶴は直立して一気に沈んだ。沈没後、海中で二度爆発。心臓が破裂しそうな爆音に死を覚悟し、海に漂う木材に必死にしがみついた。周りでは一人、また一人と力尽きて……。最期は「お母さん」と叫びながら海に消えていった。

近藤さんの母は「こんな子どもが行くことはない」と強く海軍への志願に反対したそうだ。いまでいえば中学二年か三年の少年だから無理もない。この海軍特年兵は、一九四二年の一期から四期まで総じて一万七二〇〇名に及び、そのうちおよそ五〇〇〇名が戦死したといわれている。[4] 瑞鶴には約一六〇〇名が乗船し、三分の二が戦死した。近藤さんの同期五〇名のうち瑞鶴に配属されたのは一〇名で生きて帰れたのは近藤さん一人だけ。私は近藤さんの話を聴きながら、戦場の最前線に一四、五歳の少年をも兵士として送らざるを得なかった作戦に憤りを覚えるとともに、少年らの前途ある未来を奪った非道な戦場の現実を忘れるまいと心に誓った。

二〇二一年一一月一四日、久しぶりに近藤さんにお会いしたのだが、「九二歳のいまでも『お母さん』と叫んで逝った少年たちの叫び声が忘れられない」と話されていた（近藤さんは二〇二二年一一月一〇日逝去。享年九三歳）。

近藤恭造さん（2021年11月著者撮影）

ビルマ戦線を生きのびた衛生兵の細谷寛さん（一〇四歳）は戦争末期の一九四五年一月、ある兵站《へいたん》病院で両手足の熱帯潰瘍の治療を受けていた。明け方、重症患者が妻や子の名前を絶叫してベッドから落ちた。意識が薄れる中、最後の力を振り絞り故郷に残した愛する妻子の名前を叫んだのだ。細谷さんはこの絶叫に胸がかきむしられる思いだったという。

食料も水もない南方戦線では最期の言葉が「水をくれ……」ということもかなりある。「○○軍曹殿、水をください」と最期の時に上官の名前を呼ぶ兵士もいた。致命傷を負った兵士に水をやるのは死を早めるだけなのだが、戦友の最期の望みを叶えてやるためになけなしの水をやるのだ。戦場でも病床でも、現実の断末魔では「『天皇陛下万歳！』と叫ぶ兵士はほとんどいなかった」と老兵らは語る。もちろん、そう叫んだ将兵もいただろうが……。

「戦争の話を聞きたいという人はいても分かってくれる人がいなくなった。遠藤さんにしか話せない。戦友に話しているようで燃えてくるんだ」

電話口で語る大橋さんの言葉にいまも励まされている。

1　大橋さん属する通信中隊は、上海から漢口、武漢、長沙、衡陽を目指す、いわゆる「大陸打通作戦」に従軍。正式名称は「一号作戦」。この作戦は一九四四年四月から一二月中旬までにおよそ五〇万以上の兵力を投入した最大規模の陸上作戦であった。作戦は河南省の戦い、湖南省長沙・衡陽の戦い、広西省桂林・柳州の戦いの三段階に分かれており、大橋さんは長沙・衡陽の戦いに参戦（吉田裕他編『アジア・太平洋戦争辞典』吉川公文館、二〇一五年、三八八頁を参照）。

2　海軍特年兵とは、海軍が満一四歳で募集した史上最年少の志願兵。少年兵よりもさらに若い特例に基づくものであったので、特別年少兵、特別年齢兵とも称され、略して「特年兵」と呼ばれた（詳細は高野邦夫『軍隊教育と国民教育——帝国陸海軍軍学校の研究』つなん出版、二〇一〇年、八一—八三頁を参照）。

3 レイテ沖海戦とは、一九四四年一〇月二〇日から終戦にかけて、フィリピンのレイテ島に上陸を始めた連合軍を攻撃するため日本海軍連合艦隊がレイテ湾に突入を図った一連の戦闘。一九四四年一〇月二〇日、連合軍がレイテ島に上陸すると、連合艦隊は捷一号《しょういちごう》作戦に基づき、一〇月二五日に主力艦隊のレイテ湾突入を敢行。航空部隊が米軍機動部隊を攻撃する一方で、小沢治三郎海軍中将率いる小沢艦隊が囮（小沢囮艦隊）となってこれを北に誘導し、その間に栗田艦隊が突入する作戦であったが、結果として作戦は頓挫し、小沢艦隊の空母「瑞鶴」をはじめ多くの艦船を失った。この戦闘において、海軍は初の神風特攻隊を投入した（吉田裕他編『アジア・太平洋戦争辞典』七〇五頁を参照）。

4 吉田裕他編『アジア・太平洋戦争辞典』二九八頁。

第5章　一〇一歳の遺言

一九四一年一二月八日「開戦」

　これを執筆しているのは二〇二一年。開戦から八〇年である。元日本兵の本村喜一さんは、開戦時の「勝ち戦」と戦争末期の「負け戦」の双方に従軍した。

　前者は、一九四一年一二月八日未明、真珠湾への奇襲攻撃より一時間数分先行して開戦の火蓋を切ったマレー半島のコタバル上陸作戦。

　後者は、史上最悪の作戦といわれたインパール作戦（一九四四年三月―七月）である。

　マレー半島上陸作戦の指揮官は、「マレーの虎」という異名をもつ第25軍司令官山下奉文《ともゆき》中将（一八八五―一九四六年）。シンガポール攻略時に、英軍司令官のアーサー・パーシバル中将との停戦交渉で、「イエスかノーか」と降伏を迫ったというエピソードが有名な豪傑の風貌の将軍だが、実際のところは通訳官がもたもたしているのにイラッときて、通訳官に「イエスかノーか、訊け」と語気を強めたのが真相のようだ。[1] 同じ第25軍の作戦参謀の国武輝人は「一般に言われているように腹の太い豪放磊落《ごうほうらいらく》な将軍だと思っていた。しかし、同時に繊細、鋭敏な神経の持ち主でもあるとは知らなかった」と書きのこしている。山下は家族からは「スグスグさん」と言われるくらいにせっかちな性格であった。[2] イメージと実物には得てしてギャップがあるものだ。

1942年2月15日シンガポールにて、降伏交渉を行う山下奉文
（Imperial War Museums）

そもそも山下将軍の南方作戦最大の目的は、イギリスの最も重要な軍事的拠点、マレー半島の南の小島、シンガポールの攻略だった。イギリスの東洋艦隊は、シンガポールに強力な要塞を構築していたので、日本陸軍は海から攻め込むのが難しいと判断し、防御が比較的緩いマレー半島から南下し、シンガポールを攻略することにした。一方で、日本海軍航空隊は真珠湾奇襲攻撃だけでなく、イギリスの東洋艦隊の花形の戦艦プリンス・オブ・ウェールズと巡洋艦レパルスをマレー沖海戦で撃沈させた。

日本陸軍は少なくとも開戦から半年は、破竹の勢いで様々な南方作戦を完遂しながら侵攻したと思っていたのだが……。本村喜一さんは「いやいや」と首を横に振る。

「近年インパール作戦ばかり注目されますが、私は初陣のコタバルの死闘が忘れられないのです。マレー上陸作戦は決して『勝ち戦』ではありません。少なくともコタバル敵前上陸をした私の部隊は主力部隊の『おとり』でした。最初から全滅してもよい部隊と見なされ、まさに全滅寸前だったのです……」

1941年12月4日シンガポールに到着した戦艦プリンス・オブ・ウェールズ（イギリス海軍ＨＪ・エイブラハムズ中尉撮影。Imperial War Museums）

これまで事実上の「開戦」の火蓋を切ったコタバル上陸を体験した兵士に会ったことがなかっただけに本村さんの話に惹き込まれた。

意外と知られていないのだが、マレー半島上陸作戦は数ヶ所で行われた。英領コタバル（現マレーシア）とほぼ同時に、主力部隊はタイ領のシンゴラとパタニなどに上陸した。第25軍隷下の第5師団（松井太久郎師団長）と第18師団（牟田口廉也師団長）の一部と近衛師団（西村琢磨師団長）がタイ国のシンゴラ方面へ、さらに第18師団の侘美《たくみ》支隊（侘美浩少将）がマレー半島東海岸のコタバルに向かった。山下将軍はタイ国との平和的進駐交渉に難儀した。それもそのはず、前年にタイの中立を尊重する友好和親条約を締結しているにもかかわらず、タイ国のシンゴラとパタニに奇襲上陸をしたのだ。タイは寝耳に水。相当強引に交渉を進め、結果としてタイ国は日本軍の上陸を追認せざるを得なかった。

マレー上陸作戦が「成功」と見なされる中、佗美支隊は概ね六割前後に戦力が消失し、コタバル敵前上陸で多大な犠牲を払った。本村さんの所属部隊の第56連隊の戦力は半分に満たなかった[3]。本村さんが「全滅に近い戦場だった」と回想するのも頷ける。

コタバル敵前上陸

本村喜一さんは一九二〇年一月六日に福岡県久留米で生まれる。大正から昭和初期にかけて、本村家は久留米絣（福岡県南部の筑後地方で製造された絣）の卸業を営んでいた。藍で糸を染めるのが伝統的な久留米絣だが、当時は藍染布をインドから輸入し、商売は繁盛した。ところが米国で世界恐慌が起きて、日本も不況の嵐に巻き込まれ、相次いで銀行が倒産し、本村家も資産を失った。

本村さんは野球の名門校、久留米商業の野球部（三塁手）出身で、後輩に巨人軍の川崎徳次投手がいる。卒業後、大建産業（丸紅の前身）に入社し大連へ赴任。当時は海外手当てがかなりついて暮らし向きは良かった。

一九四〇年、二〇歳となった本村さんは徴兵検査のため大連から久留米に戻った。甲種合格。久留米編成の第18師団（菊兵団）に入隊した。同隊は留守部隊であったため初年兵教育は入念で非常に厳しかった。

一九四〇年一一月、本村喜一二等兵は、第18師団歩兵第56連隊に配属され、広東の珠江から三井物産の商船、淡路山丸に乗船した。海南島（中国海南省）やベトナムで上陸訓練を何度も実施した。南十字星が美しい夜空を見上げながら、船は南方に向かっているのはわかっていたが、行先は誰も知らなかった。

開戦前日の一九四一年一二月七日、本村二等兵の第56連隊は佗美支隊に編入され、淡路山丸の行き先がマレー半島東海岸のコタバルだとはじめて知らされた。佗美支隊（淡路山丸）は一六五三名で、第一次上陸部隊は他の船の将兵も入れると総勢五五〇〇名ほどだった[4]。

一二月八日午前一時頃、第56連隊を乗せた淡路山丸から縄梯子が降ろされ、コタバル上陸のために鉄舟に乗り換えた。波が荒く鉄舟が揺れる。真っ暗な海上で、鉄舟同士がぶつかって大きな音と火花が散った。鉄帽、銃、弾薬、毒ガスマスク、雑のう（布製のカバン）など、兵士たちの装備は四〇キロにも及んだ。本村二等兵は本船から鉄舟になんとか乗り移ることができたが、縄梯子が切れて海に落ちる兵士もいた。

英軍はコタバル海岸で日本軍の上陸を待ち構えていた。英軍機の鉄舟への猛攻撃が始まった途端、コタバルの町の光がパッと消えた。攻撃を受けた淡路山丸は炎上し、その後海没。海は足がつかないほど深かった。兵士は鉄舟から海に飛び込んでも高波とともに砂浜に打ち上げられたり、引き波で沖合に運ばれたりと上陸は困難を極めた。

　コタバル海岸に上陸してみると、英軍のトーチカ（鉄筋コンクリート製の防御陣地）が浜辺のあちこちにあった。鉄帽をかぶって砂浜にへばりつきながら必死に匍匐《ほふく》前進を試みる。海岸の英軍陣地からビュンビュンと弾が飛び交い、英軍機の空爆の洗礼を浴びた。降下時に英兵の顔がはっきり見えた。砂浜に張られたピアノ線鉄条網に行く手を阻まれる。鉄条網を避けるために砂を掘りながら匍匐前進していると、海岸沿いの住居から恐怖に怯える子どもの泣き声が絶え間なく聞こえた。

　佗美支隊のコタバル上陸後の最初の任務は英軍のコタバル飛行場の爆破であった。

　一二月八日の明け方、本村二等兵はコタバルの町に入った。クチナシの甘い香りが漂って、「あぁ俺は生きているんだ」と実感した。何人もの死傷者が海岸の波打ち際に横たわっていた。「4中隊集まれ！」との号令後、英軍の飛行場に突入。飛行場は原油タンクが燃えていた。英軍のトーチカから一斉射撃。すぐ横にいた第4中隊の岩本中隊長の首に弾が当たって隊長は即死した。古参兵に「本村！　中隊長の遺体を探しに行け！」と戦場清掃の命令を受けた。岩本中隊長が撃たれた場所はわかっていたが、指を切り落とす暇もなかったので「中尉の肩《けん》章《しょう》」を切って持ち帰った。

シンガポール攻略

コタバルの町に入って、淡路山丸乗船時にもらったおにぎりを食べようとしたら腐っていた。乾燥させた柳の葉でおにぎりが包んであった。仕方なく飲まず食わずで、シンガポールまで歩いた。英軍は小さな橋まで全て破壊し、日本軍の行く手を阻んだ。架橋作業に励む工兵が人力で橋を下で支えながら「どうぞ！」と叫ぶ。「ありがとう！」と声を交わしながら橋を渡った。佗美支隊は東海岸を、タイからの本隊は西海岸をともに南下し、シンガポールを目指した。華僑が経営しているゴム園がたくさんあった。

ジョホール水道を渡ればシンガポールである。同水道を渡るためにジャングルの中、船を布で隠して運んだ。ジョホール水道で英軍の攻撃を受けて船に穴が開いた。しかしこちらには撃ち返す砲弾がなかった。マレーからシンガポールへ第5師団が渡って厳しい戦闘となった。塹壕にインド兵が隠れていた。ジョホールから撃った大砲はほとんど意味がなかった。第4中隊の軍曹が腹を撃たれた。ビュッと腸が飛び出た。びっくりして皆で腹に戻したが軍曹はやがて死んだ。

本村二等兵はシンガポールに入る。英軍の兵舎にはたくさんの私物が散乱し、パジャマもそのままであった。紀元節（二月一一日）までにシンガポールを攻略せよとの命令だったが、二月一五日にシンガポールを攻略。「万歳！」と叫ぶと涙が溢れた。シンガポールの飛行場の原油タンクから煙が立ち上る。そこにスコールが降って、本村二等兵の顔も煤だらけで戦友と泣き笑いした。勝ち戦は嬉しかった。この時「戦争はこれで終わった」と思った。[5]

「勝ち戦」の裏で、日本軍によるシンガポール華僑に対する無差別大量虐殺が行われた。中国との泥沼の戦場に苦戦を強いられていた日本軍はシンガポール華僑が資金や物資を送って中国を支援していると見ていた。だから少しでも「敵性」と見たら、老若男女、小さな子までもが殺された。日本側の資料では犠牲者は五〇〇〇人、中国側では四万から五万人と言われている。[6]

イギリスの東南アジアにおける最大の植民地のマレー半島およびシンガポールの陥落は、その後の香港、上海、ラングーン（現ヤンゴン）の陥落と合わせて、イギリスの東南アジアにおける植民地支配の崩壊を意味するのと同時に、大日本帝国の東南アジアへの侵略の起点となった。

部隊はシンガポールから再びマレー半島へ戻り、つかの間の休養のあと、ビルマ行を命じられた。当時、本村二等兵は第5師団の華僑粛清の噂を耳にしたが、その実態を知ったのは戦後ずいぶん経ってからだった。

死んだ人にも格差

本村二等兵の次なる戦場は地獄のビルマ（現ミャンマー）戦線。一九四二年四月、ラングーンからビルマ中央部のマンダレーまで行軍するも、酷暑で水もなくきつかった。小さな水たまりの汚水を煮沸して飲んだ。背中の汗が乾いて塩がふく。食糧は現地調達だった。籾をついて白米にし、現地のパパイヤやマンゴーは塩でもみ漬物に。後方から乾燥味噌が届き、久しぶりにつくった味噌汁は旨かった。

本村さんは「戦場ではどこで死んだかで大きな格差がある」と語る。コタバルで戦死した岩本中隊長の遺体はすぐに収容され、丁重に焼骨され、身内に遺骨が戻された。そして二階級特進で少佐となった。階級は遺族の恩給に反映された。一方、インパール作戦では遺体収容など、「呑気」なことはできなかった。あまりに惨めな死に方をし、さらに遺体もそのまま放置された。高温多湿と激しい豪雨で死体の腐乱が進み、兵士たちの屍の白骨化はすこぶる早かった。彼らの屍が累々と続き無惨な「白骨街道」をつくった。

本村さんは「久留米の小学校の同級生の永石軍曹が忘れられない」と語る。軍曹はインパール作戦の撤退時にチンドウィン河付近の崖から転落した。雨期で増水した河は真っ黒い泥水の激流となった。あの状態（怪我）では永石軍曹は生きてはいないだろう。

本村喜一さん。2020年1月、100歳の誕生会の席にて（著者撮影）

戦後、永石軍曹の母親に彼の戦死を伝えた時、「息子の遺骨はどうなったのか？　あなたが持って帰ってくれると思ったのに……」と詰め寄られたが、言葉がでなかった。負け戦では遺体収容はとうてい無理な話。永石軍曹の遺骨を持ち帰れるような状況ではなかった……。でも親御さんの気持ちも痛いほどわかる。

インパール作戦からの敗退

補給を無視した無謀なインパール作戦。その最高責任者は第15軍司令官の牟田口中将。第15軍隷下の第31師団（烈兵団）は右側、第33師団（弓兵団）は左側、第15師団（祭兵団）は中央の三方向からジャングルと大河を越えて英軍の軍事拠点インパール攻略を敢行した。携帯食料約二週間分のみ。不足は現地調達せよ。

本村軍曹（インパール作戦時は軍曹に昇級）の部隊は第18師団から、インパール作戦でコヒマ攻略を目指す第31師団に編入された。食料の欠乏はすぐにやってきた。本村軍曹はいつも野草しか食べていなかった。草が生えている場所で用便もした。腹を壊さないように炭を食べて解毒した。チンドウィン河を越えて軍より籾付きの米が配給されたが時遅し。鉄帽に籾を入れて脱穀するが結局食べられなかった。木は濡れて火がつかない。火をつけたら敵に居場所がわかって狙われる。インパール北方コヒマ付近では、英軍の襲撃を避けるために毎日タコツボの中で過ごした。ふんどしやシャツを干していると機銃掃射や弾が飛んできた。本村軍曹は「アーメン、南無阿弥陀仏、南無妙法蓮華経」と知っているだけのお祈りを呟く。生きた心地がしなかった。

一九四四年三月頃の乾期のチンドウィン河は水が少なく簡単に渡れたが、同年六月の撤退時は雨期で、増水して渡るのに苦労した。

兵士は武器弾薬を失くしても死ぬまで飯盒と水筒だけは離さない。「水をくれー」と悲痛な声。でも飲ませたら即死んでしまう。「天皇陛下万歳」と言って死ぬ者は誰もいなかった。撤退時の「白骨街道」で、最期に兵士らは母や妻や子供の名前を呼んで逝った。目や鼻、口には蛆がうごめく。ハゲタカが空を舞う、その下には必ず日本兵の死体があった。腐臭が漂い、死臭が堪らなかった。でもそのうち何も感じなくなった。

野戦病院とは名ばかりでジャングルの木の下で寝るだけである。野戦病院から無理やり退院させられた兵隊はまだ病院服を着ている。彼の軍服はおそらく誰かが退院時に着てしまったのだろう。彼が死んだ兵士の軍服を剥がそうとすると、「待て、俺はまだ生きているぞ……」と微かな声がした。

本村軍曹も銃を杖代わりに中隊からはぐれてとぼとぼ歩いた。中隊はどこにいるか分からない。木の下で腐ろうが誰にも看取られない。倒れた場所が死に場所となる。

本村軍曹は、ある時、休憩しているインド兵を殺害して靴やズボンを奪う兵隊を目撃した。またある時、歩哨が偵察に来た敵兵二名を殺害した。皆が極限的に飢えていたのを見かねて上官が「こいつらを食おう」と言った。本村軍曹は近くに行ってその死体を覗くと、敵兵の身体は入れ墨だらけで食べる気が失せたという。

「入れ墨がなかったら食っていたかもしれない。それほど飢えていました」

本村軍曹もついに動けなくなった。上官から、今晩の汽車が最後になると聞いた。誰かが本村軍曹の尻をおして貨車に乗せた。そのまま寝て起きたらビルマ中央部のマンダレーに近いザガインだった。ザガインで降りると偶然、中隊の同年兵が立っていて、シラミだらけのシャツをドラム缶で煮沸消毒し、焼いた蛇を食べさせてくれた。おかげで元気が出て命を繋いだ。

一九四四年六月一日、第31師団（烈兵団）の佐藤幸徳師団長は軍からの補給がないことに憤り、独断の撤退命令を出す。佐藤師団長は軍命令違反で解任。しかし、佐藤師団長が独断撤退をしなければ本村軍曹も飢死し、ビルマの地に骨を埋めることになっただろう。

「軍部の上官たちの命令で多くの兵隊を殺しておいて奴らは責任を取らず、戦後はのうのうと出世した。こんな馬鹿げた戦争を計画した『将軍たち』の顔を一発ぶん殴ってやりたいんだ」

いつも穏やかな笑顔の本村さんの顔が歪み、語気が強くなった。

「まったく無謀な戦争だった。戦争は絶対しちゃいかんですよ！」

＊

先日、娘さんから本村さんの訃報（享年一〇一歳）を知らせる葉書が届いた。二〇二〇年の年明けに一〇〇歳の誕生日をご家族とともに祝った本村さんの満面の笑みがよみがえる。本村家を訪れるたびに、ご夫妻と二人の娘さんとお連れ合いと、六人に温かく迎えられた。娘さんたちはこれまで一度も父親から戦場の話を聴いたことがなく、その凄絶な内容に終始驚いていた。幸せな家庭を築かれた本村喜一さん。だからこそ、ビルマのジャングルで食べるものもなく、誰にも看取られることなく無惨な死に方をした戦友たちに対して、「自分だけ生きて帰ってきて、申し訳なくてね……」と言葉を詰まらせた。

本村さんは、戦後一度もビルマを訪れたことはないと語っていたが、生涯ビルマの地で眠っている戦友に思いを馳せてきた。

本村さんが自らの戦場体験を語ろうと思ったのは九七歳のとき。二〇一七年夏に掲載されたビルマ戦で亡くなった日本兵を慰霊する人の新聞記事に心を打たれたからだそうだ。[7]

次章では本村さんが体験談を語るきっかけにもなった、日本兵を慰霊し続けているミャンマーの小さな村の話を取りあげる。戦場にされ、被害を受けた村人がなぜ旧日本兵の慰霊をし続けるのか。その答えを見つけるために私はこの村を二〇一六年と二〇一七年の二度訪ねた。

いまのミャンマーの動乱（クーデターが二〇二一年に起こった）の中で、あの村人たちの暮らしはどうなっているのだろうか。

ただひたすら無事を祈るばかりだ。

1　安岡正隆『人間将軍 山下奉文――「マレーの虎」と畏怖された男の愛と孤独』光人社、二〇〇〇年、三五四―三五五頁。

2　安岡、前掲書、三一〇頁。

3　防衛庁防衛研修所戦史室編『戦史叢書 マレー進攻作戦』朝雲新聞社、二〇五―二〇六頁。上陸直後に実施した第56連隊（那須連隊）の戦力判断が掲載。

4　第一次コタバル上陸部隊の乗船は、淡路山丸（佗美支隊）以外に、綾戸山丸（一七〇〇名）、佐倉丸（二一五〇名）である。前掲書『戦史叢書 マレー進攻作戦』一九二頁。

5　コタバルへ上陸を果たした佗美支隊に、開戦の翌日（一二月九日）に南方軍が感状（戦功を称える賞状）を与えている。

6　二月一五日、シンガポール攻略後、山下奉文は「敵性」と断じた華僑は直ちに処刑せよと命じた。一八歳から五〇歳までの華僑男子が指定場所に集められ、簡単な尋問だけで「抗日」と見なされ、郊外の海岸などで射殺。シンガポール警備司令官河村参郎の日記には二月二三日に各憲兵隊長を集め、そこで「処分人数総計五千人」との報告を受けたと記されている。さらに第5師団と第18師団にもマレー半島の各地で粛清を命じ、日本軍による粛清は四月頃まで続いた。詳しくは林博史『シンガポール華僑粛清――日本軍はシンガポールで何をしたのか』（高文研、二〇〇七年）などを参照。

7　朝日新聞（二〇一七年七月一七日）「旧日本兵の慰霊 続ける村」、同紙（二〇一七年八月二八日）「日本兵慰霊碑、きれいに」、同紙（東京版、二〇一七年九月二二日）「元将兵たちを訪ねて ビルマ戦禍 後世に」（すべて編集委員・大久保真紀による）。

第6章 ビルマ戦の記憶の継承——元日本兵の慰霊を続ける村

「戦友愛」と遺骨収集

「地獄のビルマ」から生還した元日本兵士らは、戦後、戦友会を作り、ビルマでの遺骨収集や慰霊活動に熱心だった。戦友会には、同じ釜の飯を食い、共に寝、共に暮らし、同じ戦場で苦楽を共にして戦い抜いた強固な絆、いわゆる「戦友愛」がある。この戦友愛によって彼らは戦時中だけでなく戦後も結束し行動を共にした。凄絶な戦場体験を持つ戦友同士はまさにぬきさしならない関係で、時と場合に依っては親兄弟、妻子よりも優先順位が高くなる。娘の大学進学の費用をビルマ戦の戦没者慰霊碑の建立費に充てた元兵士もいた。「部下の骨を拾うことは家族の事より大事」と言い切った元大尉もいた。恩給では足らずに家を担保に借金までして慰霊活動に身を投じた元軍曹もいた。親族は堪ったもんじゃないが、この手の話はいくらでもある。

さて、ここで重要なのは、戦友愛というのは生き残った戦友同士よりむしろ死んだ戦友への思い（愛）の方が強いことだ。元兵士が戦友会を作った最大の目的は、死んだ戦友の骨を拾うこと、そして戦没者の慰霊に尽きる。

戦友会の結成の全盛期は一九六五年から六九年頃である。戦後二〇年が経ち、生活も安定した中年期に差し掛かった元兵士らは、死んだ戦友のために遣り残したことをやろうと戦友会を作った。戦友愛で結束した任意団体である戦友会を作るのに許可も手続きも必要ない。必要なのは戦友愛だけである。その数は数千ともいわれているのだが……じつは正確な数は誰もわからない。[1] ビルマ戦域（ビルマ・インド・タイ・中国雲南省）の戦友会もこの時期に全国各所（関東・関西・四国・北九州）で雨後の筍のごとくうまれ、戦後三〇年（一九七〇年代）から五〇年（一九九〇年代）を節目に慰霊碑や墓碑を建てている。そして戦場に残してきた戦友の遺骨を祖国に持ち帰ることが生きて帰ってきた戦友と遺族の最大のミッションとなった。

一九五二年から一九七一年まで政府（当時の厚生省）は三〇回にわたり遺骨収集を実施するが、広大な戦域にわたる二四〇万余もの海外戦没者の遺骨収集は困難を極める事業であった。これはビルマ戦域にも当てはまる。[2] 一九七一年一〇月、政府から遺骨収集の打ち切り案が浮上すると各戦友会や日本遺族会の猛反対に遭う。そんな矢先の一九七二年二月、残留日本兵の横井庄一さんがグアム島のジャングルから奇蹟の生還を果たした。横井ブームで遺骨収集の世論が再燃し、打ち切り論はいつのまにか立ち消えた。一九七三年から三年を目途に政府は可能な全戦域への遺骨収集団の派遣を決めたが、その対象地域にビルマ、インド、中国雲南が含まれていなかった。一九七三年七月、ビルマ戦友会の全国組織の「全ビルマ戦友団体連絡協議会」が結成され、政府にビルマ、インド、中国雲南の遺骨収集の政府調査派遣団の実現を強く求めた。その甲斐あってか、一九七四年一月に第一次ビルマ方面戦没者遺骨収集政府派遣団（政府職員一〇名、戦友九〇名、遺族二五名、青年団一五名）が派遣された。その後、第二次（一九七六年一月）、第三次（一九七七年三月）と三度派遣された。団員の主力はかつての兵士らが占め、参加者の費用の三分の二は政府が負担した。[3] 元兵士らは死んだ戦友のためなら自腹を切るのは当たり前、どんなことでもする勢いで遺骨収集に臨んだ。

ウエモンが見た戦場のリアル

ビルマ中部の都市メークテーラ（現メイッティーラ）から南に約三五キロに住人一五〇名ほどの小さな農村ウェトレット村がある。[4] 広々とした耕地では米や綿や豆類が栽培されている。二〇一六年頃まで村に電気は通っていなかった。井戸で水を汲む生活は昔からだが、水汲みが手動から電動になって楽になったそうだ。のどかな農村の風景だが、一九四五年三月八日、ここは戦場になった。

一九七五年一月、元陸軍将校の中村清一さん（当時五五歳）は、前述の第一次戦没者遺骨収集政府派遣団の戦友九〇名の一人として訪緬した。派遣団第9班の班長として戦後はじめてウェトレット村の戦場跡を訪ねた。中村さんは村に向かう途中、村人に石を投げられることを覚悟した。

ところが思いもよらぬ展開が待っていた。村長のウエモン（ウは敬称、エモンが名前。当時四三歳）が中村さんに近づいてきて、「当時一三歳だった私は、あの木の上から日本軍の戦闘を見ていた」と語った。中村さんは物乞い目的でデタラメを言っているのだとウエモンの言葉をすぐに信じなかった。しかし、しばらくウエモンの話を聞いていると、当事者の自分よりも彼の方が当時の戦闘の様子を熟知しているではないか。

ウエモンはこの木にのぼって戦闘を見ていた。2017年（著者撮影。以下同）

ウエモンは、三月八日午後、英印軍のM４中戦車一台が燃え、日没前に彼らはその戦車を残して引き揚げたこと、もう一

中村清一さん。2018年3月

台、先頭の英印軍の戦車が中村隊の砲撃で炎上したことも知っていた。

さらに、英印軍の指揮官が「今日は大変なことになった」と言って戦死者をトラックに乗せて帰ったと語った（中村さんもこのことは知らなかった）。これは「戦場清掃」といって戦場での自軍の戦死者の遺体を衛生兵が収容することを意味する。日本軍は戦死者をその場に穴を掘って埋めたとウエモンは語る。中村さんは戦死者を埋めてあげられたらマシで、その場に放置された遺体も多かったと語る。

ウエモンは村の畑を走っていたのは「あなた」だと言った。中村さんは驚いた。それならばと、自分がどちらに向かって走っていたかをウエモンに問うた。ウエモンの答えは間違いなかった。そして「あの繁みで中村はトマトを食べていた」とウエモンは語った。[5] 中村さんはウエモンの言葉から戦闘中にトマトを食べたことを思い出した。メークテーラの三月は酷暑。一年で最も乾燥し雨がほとんど降らない。中村さんは喉を潤すためにそこに生えていた小さなトマトを口にした。

最後に「日本の兵隊は勇敢だった。この事をぜひ後世に伝えたい。私の村に日本軍戦死者のための慰霊碑を建立したい」とウエモンは話を結んだ。

慰霊に人生を捧げた中隊長

中村さんは第一勧業銀行（現みずほ銀行）を定年退職した後、本格的にビルマでの遺骨収集と慰霊活動に専念した。退職金や恩給の全額を主としてウェトレット村の慰霊活動に投じた。「兵隊は自分の指揮で死んだ。今でも死んだ兵隊の顔が忘れられない。家族や自分の幸せよりも、指揮官として五〇名の部下の慰霊のために残りの時間を捧げたい」と家族の前で語った。

一九九八年、中村さんはウェトレット村に井戸を寄贈した。「中村の井戸」と呼ばれて村人の生活を支えている。乾期の水の確保は死活問題である。戦争末期のイラワジ会戦やメークテーラ戦を生きのびた兵士らは、英印軍の空爆や戦車部隊の攻撃よりも辛かったのは水と塩の欠乏だったと語る。ウェトレット村の人たちにも「中村の井戸」は有難い存在である。

ウエモンと「中村の井戸」

二〇〇〇年一月一日、中村さんはウェトレット村に念願の旧日本軍戦没者の慰霊塔とパゴダを建立した。ここにウェトレットの戦いで戦没

中村テンプル

した全ての日本兵の氏名が刻まれている。現地の大理石で作られ、碑文は日本語とビルマ語が併記。碑文の筆者は、建立者の山砲兵第3中隊長の中村清一さんである。

二〇〇七年には、中村さんはさらに寺院を寄贈した。「中村テンプル」と親しまれ、公民館のように村人が集う場所になっている。この年を最後に八〇代後半の中村さんはウェトレット村へ行けなくなった。[6]

ウェトレット村での戦闘

一九四五年のビルマ戦線は崩壊し、総じて敗走戦であった。英印軍は当時最大級の米製のM4中戦車を先頭に日本軍の後方兵站《へいたん》基地のメークテーラにとどめを刺すために前進中であった。一九四五年三月八日、第49師団第168連隊第1大隊は、大砲二門と兵隊約三〇〇名（森本隊歩兵二〇〇名と中村隊砲兵一〇〇名）をもって、大挙する英印軍と戦車三〇両をウェトレット村付近で迎え撃った。圧倒的な兵力と物量の差はいかんせん……。敵戦車に爆弾を抱いて突っ込む肉弾戦が随所で行われ、旧マンダレー街道は日本兵士の肉片と血の海と化した。そのような戦闘の中に中村隊長（当時二五歳）もいた。

戦闘の朝、見張りの神岡小隊長が中村隊長の所に飛んで来て叫んだ。

「隊長！　敵の戦車が来ました」

中村隊長は早速山砲一門を指揮する芳賀小隊長と打ち合わせて敵戦車を撃ち取る最新兵器の「タ弾（対戦車用炸裂弾）」を用意した。英印軍は戦車を先頭に進軍し、森に隠れて待機している中村隊長の前の道路をゆっくりと警戒しながら通過した。中村隊長は部下に先頭の戦車の攻撃を指示し、目前で停止した九両目のM４中戦車のキャタピラにタ弾を撃ち込んだ。中村さんは「武器兵力劣勢の日本軍が巨大な『M４』に唯一対抗できたのは、『タ弾』という新兵器があったからだ」と誇らしげに語る。タ弾は、火力が強く、分厚い鉄板の戦車に穴をあけることができた。一九四四年にドイツから技術を学び、小倉（北九州市）の兵器工場で製造した。ビルマ戦線でタ弾を使用できたのは四五年初頭からであった。ビルマ戦では最後に編成された第49師団（狼兵団、一九四四年五月編成）しかタ弾を装備できなかったと中村さんはいう。中村隊長は「タ弾を持っていたことが心の支えになった。鉄砲弾はまったく問題にならなかった」と語った。

三月八日の午前一一時から午後五時まで日英両軍の激戦は続いた。戦場となったウェトレット村はパゴダも、高床式の住居も、倉庫も、荷を運ぶ牛も鶏も作物もすべて焼失した（事前に村民は避難していた）。ウエモンによると、マンダレー街道沿いの戦闘で負けたことがない英印軍は、予想だにしない損害を被り慌てている様子だった。日本軍側の犠牲も甚大だ。中村隊の小隊長以下一九名と歩兵の森本中隊の将兵三一名の五〇名が戦死した。

元日本兵の慰霊を続ける村

戦後七〇数年ともなれば戦争の記憶の風化はもはややむを得ない。ビルマ戦場跡の各所に建てられた旧日本軍の慰霊碑や墓碑は現地社会に根ざすことなく次第に忘却され、慰霊巡拝に訪れる人もそれを管理する人も減少し経年劣化は進んでいる。二〇〇七年を最後に中村さんが行けなくなってから、ウェトレット村に日本人の慰霊巡拝者はほとんど来なくなった。元兵士だけでなく遺族も高齢化が進んでいるのである。

二〇一六年と二〇一七年の二年続けて、私は中村さんの意志を継ぐ日本人としてウェトレット村の三月八日の旧日本軍戦没者慰霊祭に参列した。毎年、ウエモンとその一族が中心になって慰霊祭に向けて一週間かけて準備する。ウエモン一族は招待状を作成し、村人約一五〇人に参列を呼びかける。おもてなし料理の準備で女性たちも大忙しだ。当日は四、五名の僧侶を招

慰霊祭後の集合写真

いて村総出で慰霊祭に参列する。僧侶へのお礼やおもてなし料理など出費は相当の額になるだろう。「慰霊祭をやるにあたって中村に資金を要求したことはなく、できる範囲でやっている」とウエモンは言う（実際のところ中村さんは送金しているのだが……）。正直なところ、こんな小さな村の村人が毎年本当に旧日本兵の慰霊祭を行っているのか？　なぜ？　私は半信半疑だった。実を言えば、この目で確かめるまで信じられなかった。

三月の戸外は午前中でも三〇度を超すので、慰霊祭は朝一番に行う。色彩豊かなロンジーに身を包んだ老若男女が、早朝にもかかわらず七時には集まって来た。村人は中村さんが寄贈した慰霊塔とパゴダを前にして、地べたに並んで座る。四、五名の僧侶が慰霊塔とパゴダを背に、村人に向かって椅子に座る。私は中村さんから

灌水供養に用いた銀の器と水差し

言付かった日本の菓子や酒を慰霊塔に供えた。とくに乾期のメークテーラ戦の最大の敵は水不足だと聞いていたので、私は日本のペットボトルの水をできるだけスーツケースに詰め込んでしこたま持参した。最期の時に水を求めた兵士に思いを馳せて供えた。

慰霊祭が始まった。僧侶による読経の最中、銀の器に水滴を垂らして「灌水《かんすい》供養」をする。「灌水供養」は本来ウエモンと中村さんの役目だが、この時は恐れ多くも中村さんの代わりを私が務めた（二〇一六年）。功徳を回向《えこう》するため、一滴ずつ水差しの水滴を銀の器に垂らすのだが、見ている以上に難しい。せっかちなせいか器がすぐに水でいっぱいになってしまった。読経が終わると参列者が一人ずつ慰霊塔前の台に花を供えた。

その後、「中村テンプル」に場所を移した。そこでも僧侶の読経と講話がある。その後、参列者皆でおもてなし料理（乾燥魚の煮物、スープ、マンゴーサラダなど）を頂く。近隣の村人や子どもたちや近くの工場の労働者や通りがかりの人まで、合わせて六〇名ほどが集まって賑やかに歓談する（二〇一七年）。

最後に、唯一の日本人参列者の私が僧侶に呼ばれた。僧侶から私に特別な講話があった。僧侶はミャンマーでは大変尊敬されているので非常に有難いことである。私が僧侶に「なぜミャンマーの人々が旧日本軍の慰霊をされるのですか」と不躾な質問をすると、次のように諭された。

「国も民族も関係ありません。ビルマ戦で亡くなったすべての戦没者のための慰霊祭です。日本人のあなたが慰霊祭に参列することはとても良いことです。人間は必ず死を迎えます。生きている間にできるだけ良いことをしなさい。功徳を積むのです。それが仏様の教えなのです」

僧侶の言葉が心に沁みて、思わず涙がこぼれた。なぜ旧日本軍の慰霊祭を現地主導で行うのか？　と疑問に思っている心を見透かされて身が縮む思いがした。地べたに額をつけるようにお経を唱える村人の敬虔な姿を見て、少しでも彼（女）らを疑った自分が恥ずかしくなった。

ミャンマー贔屓《びいき》

元日本兵らは戦地で食糧の供給や傷の手当てなどをしてくれたミャンマー人への恩義に感謝の気持ちをもって、「ビルマ人は親日的だ」としばしば語る。日本人の「ミャンマー贔屓」は兵士だけでなく遺族らも同様である。彼らは「戦時中は父親が、戦後は自らが親切にしてもらった」と語ることで「ミャンマー好き」の慰霊旅行のリピーターとなる。日本の若者（孫の世代）もまた、祖父や親の世代の記憶をそのまま継承する。

私は十数年にわたり戦友会の戦没者慰霊祭や永代神楽祭の世話人をしてきたが、元兵士が中心に運営していた頃の戦友会や慰霊祭と、元兵士の人数が激減し一線から退いた後の戦友会や慰霊祭の「変質」には目をみはるものがある。激戦地で戦った元兵士は戦争を美化しなかった。彼らは積極的に戦争の暗部を語らなくとも、占領地や植民地の人々に塗炭の苦しみを与えたことを体験、あるいは見聞しているからだ。戦友会や慰霊祭に興味や関心を抱く「奇特な」若者にたまに出会う。彼（女）らは得てして戦争を肯定的に捉え（「自虐史観」の否定）、元兵士を盲目的にリスペクトする傾向が強い。遺族でもない若い世代が慰霊祭に参加するのは喜ばしいことだが、彼（女）らは元兵士なら共有している戦場での残虐な「加害」体験は継承せずに（兵士たちが語ってこなかった）、インパール作戦のような悲惨な被害体験やそれに付随した「親日的なビルマ」というノスタルジックな記憶を継承したがっている。彼（女）らは戦域や時期や階級に関係なく戦場体験者を無条件に崇め、戦没者を純粋に「英霊」として顕彰する。靖国神社で行われていたビルマ方面軍戦没者慰霊祭で七〇代（当時）の遺族は「私たちの目下の最大の課題は、総理大臣と天皇陛下に公式の靖国参拝をしてもらうことだ」と挨拶した。戦没者の遺骨収集と慰霊が最大の目的のはずだったのだが……。遺族の挨拶には保守政治勢力との根強い関係性が色濃く投影されていた。最後に決まって「海ゆかば」を斉唱するこの一連の流れには、アジアの人びとが被った凄まじい戦争被害への反省のまなざしはまったく感じられない。同時に、「(中国は反日的だが)ビルマは親日的だ」という言説が継承されているように感じるのは私だけであろうか。

ビルマは「親日的」なのか

ウェトレット村の旧日本軍戦没者慰霊祭の事例は、元将校の中村清一さんと元村長のウェモンの長年の人的絆と信頼が現地主導の慰霊祭の継続に繋がっている特異な事例だ。

ウェトレットの慰霊祭を知った日本人はこれこそが「日緬友好の証だ」と絶賛するに違いない。まさにその通りなのだが、十分に留意しないと「ビルマ戦は英国の植民地支配からビルマを解放した戦争だ」と主唱する人たちにウェトレット村の事例は都合の良い「証拠」を提供することになりかねない。現に最初に中村さんを紹介してくれたのが保守系右派団体の日本会議の四〇代の男性であり、彼は都合の良い「証拠」としてウェトレット村を語っていた。歴史的事実に基づいたビルマ戦の記憶の継承のためにも、戦場の真相を日英緬から多面的に検証すべきだ。中でも日本占領期のビルマのナショナリズム運動の特質を理解することなく「ビルマ人は『親日的』だ」という安易な「親日論」が次世代のビルマ戦の記憶となっては非常に危うい。

さて、英軍側の興味深い史料がある。英領ビルマ総督(Reginald Dorman-Smith)が避難先のシムラー（インド北部の都市）でまとめた日本軍のビルマ侵攻に関する一九四三年一一月一〇日付の報告書だ。[7]植民地行政府の長から見た英国のビルマ作戦（日本軍に敗北した初期のビルマ防衛戦）に関する記録である。日本のビルマ侵攻を、日本側からでも、ビルマのナショナリスト側からでもなく、敗退した英国側行政トップから見た記録だけに非常に興味深い。この報告書には「英軍撤退時、ビルマ人は西欧人に対して親切な行動をした。彼らは親日的ではないと解釈できるが、一方で、日本軍敗退時に同じような親切を日本兵にも行った」と記載されている。

つまり、戦時中のビルマ人は「親日的」でもあり「親英的」でもあった。僧侶の言葉を借りれば、ビルマ人は民族に関係なくお釈迦様の教えに忠実に目の前の苦しんでいる人を助けたのである。功徳を積んだとも言い換えられる。私がウエモンに、不躾な質問だが「日英軍の戦闘をどう思うか」と尋ねると、しばらく考えて「空から爆弾を落とされたら、落としたのが日本軍でも英軍でも嫌に決まっている。嫌な記憶は我慢して乗り越えた」と答えた。どこの国だろうと戦争はご免こうむりたいのは当然である。ビルマ人は民族自決、独立を成し遂げるためには「親日的」にも「親英的」にもなり得るのだ。ビルマ近現代史の専門家の根本敬さんはビルマ人のアンビバレントな立場を「抵抗と協力のはざま」と分析する。[8]協力姿勢を見せて相手の信頼を得ながら、自己主張と抵抗の基盤を徐々に拡大するやり方だ。これも生き抜く術なのだろう。

元日本兵が語る、「ビルマ人によくしてもらった、彼らは『親日的だ』」という記憶は、中村さんの体験からも事実だと思う。でもビルマ戦の記憶を受け継ぐ私たちは、それを鵜呑みにして終わらせてはいけない。そこでどんな戦いがあったのか、現地の人の土地や財産や命まで奪う戦場の実像を知った上で、戦争の記憶を次世代に受け継がなければならない。それこそが、元日本兵の慰霊祭を続けているウェトレット村の人びとに対する「真の友好の証」である。ビルマの人びとの微笑みに甘えて、日本人は過去をさっさと水に流してはいけない。

ミャンマー国軍と日本

二〇二一年二月一日、ミャンマー国軍によるクーデターが起きたが、いまだ事態に収束の兆しはまったく見えない。ミャンマーは今、政治、経済から社会まで混乱し、人びとの生活は困窮を極めている。大都市での民主化を求める市民の弾圧が強化されたため、国軍に抵抗する市民が地方都市や農村やタイ国境の少数民族の部落などに逃げているそうだ。

かつては植民地支配からの民族自決を求めて戦ったビルマ国軍であったはずなのに、いまやミャンマーの民主化を抑圧する自国内の独裁権力になっている。

歴史を遡ればその国軍を作ったのが日本軍なのだ。一九四一年末、アウンサンスーチーの父であるアウンサン率いるビルマ独立義勇軍（ＢＩＡ）が日本軍のビルマ謀略機関（南機関）の肝いりで誕生した。日本軍はビルマ侵攻にビルマ人の反英ナショナリズムを利用した。民族自決を掲げるアウンサンらも英国の植民地支配から独立するために自分たちの軍隊をもつことは好都合であった。ところが、ビルマ戦での日本軍の敗退が決定的になってくると、彼らは日本軍を見切って抗日蜂起し英軍側に翻った（一九四五年三月二七日）。これこそ「抵抗と協力のはざま」の体現化である。戦後、戦時中の「日本軍協力」より戦争末期の「抗日蜂起」が英国に評価され、アウンサンは対英独立交渉の途を開いた。アウンサンはビルマの独立（一九四八年一月四日）を見る前に暗殺されてしまうが、軍服を脱いで英国と非暴力による独立交渉を行ったアウンサンは賢明であった。

二度と戦争をしてはいけないと戦没者のために祈り続けるウェトレット村での慰霊祭は今年（二〇二三年三月八日）も例年通りに行われたと聞いた。ウエモンも九〇歳を過ぎたが健在だ。二〇一一年の民政移管により一度民主化の果実を味わったミャンマーの人々を再び軍事的独裁政治下に戻すことはもはや不可能である。国軍は八〇年近く前に不当な植民地支配と軍事的抑圧に抵抗し、民族自決を求めて戦ったあの時代を思い出し、自らが少数民族を含む人々の権利を阻止する独裁権力になっていることを猛省すべきである。

先日、知り合いの在日ミャンマー人の女性が語った言葉がずっと胸に刺さっている。

「日本軍は国軍の産みの親であり、かつて日本軍はミャンマーを侵略した。今でも日本は経済的にも政治的にも国軍と決別していない。だから、ミャンマー人は国軍を『日本軍』と呼んでいる」

ミャンマーのクーデターは、いまの日本にとって「対岸の火事」ではないのだ。

1 戦友会研究会『戦友会研究ノート』青弓社、二〇一二年、七〇頁。

2 一九五四年に日本とビルマが平和条約を締結し日本の賠償協定が成立したことで、一九五六年二月六日から三月一五日まで「ビルマ・インド戦没者遺骨収集団」が南部ラングーン、北西部のインド国境近くのティティム、東部のラシオ、ナンカンなどで一三五一柱の遺骨を収容したが、その後ビルマ側の事情で遺骨収集は実施できなかった（栗原俊雄『遺骨』岩波新書、二〇一五年、一八五頁）。

3 全ビルマ戦友団体連絡協議会刊行、『勇士はここに眠れるか』（一九八〇年）には、全国のビルマ関係の戦友会（二〇三団体）が遺骨収集のために一致団結する過程（四〇―四八頁）と、ビルマ、インド、タイの各戦域における「収骨のあらまし」が詳細に記載されている（八九―四一六頁）。中国雲南省では遺骨収集と慰霊は現在においても許可されていない。

4 メークテーラはビルマ語の発音ではメイッティーラ、ウェトレット村はウェッレッ村となるが、ここでは当時の旧日本軍の呼称を使用する。

5 この証言は私が二〇一六年三月八日の慰霊祭に参加した際にウエモンから聞いた。帰国後、中村さんに話したところ中村さんはそのことを思い出し、大変感激していた。

6 二〇一九年五月九日に、中村清一さんは戦友の眠る地に旅立たれた。一〇〇歳目前であった。

7 Report on the Burma Campaign, 1941-1942 By Sir Reginald Dorman-Smith, G.B.E., Governor of Burma (Printed in Simla, 10th November 1943)

8 根本敬『抵抗と協力のはざま――近代ビルマ史のなかのイギリスと日本』岩波書店、二〇一〇年。

第7章 音楽は軍需品なり——朝ドラ「エール」とビルマ戦線

古関裕而のもう一つの顔

二〇二〇年三月から一一月まで放送されたNHK連続テレビ小説「エール」。第一〇二作目の朝ドラは、作曲家・古関裕而（主演は窪田正孝・役名「古山《こやま》裕一」）と妻・金子《きんこ》（二階堂ふみ・役名「音《おと》」）をモデルにした、戦前から戦後の昭和期に音楽で人々に「エール」を送り続けた夫婦の物語。得体の知れない新型コロナウイルスの感染拡大で不安が募る中、ステイ・ホームが叫ばれて、自ずと朝ドラを観る回数が増えた。毎朝、GReeeN《グリーン》が歌う主題歌「星影のエール」にずいぶん元気づけられた。

古関裕而（本名勇治《ゆうじ》、一九〇九—一九八九年）は、福島県福島市の老舗の呉服屋の長男に生まれた。そういえば、GReeeeNも二〇〇二年に福島県（郡山市）で生まれた男性四人組のボーカルグループだ。古関は子どもの頃からその類稀な才能を開花させ、高校卒業時の寄せ書きには「末は音楽家」と書いている。アマチュアの作曲家時代に山田耕筰（一八八六―一九六五年）と文通をしていたことが功を奏して、一九三〇年に当時コロムビアの顧問で専属作曲家の山田の推薦で、コロムビアの専属作曲家となった。志村けんが山田耕筰役だったのを記憶されている方も多いだろう。

古関裕而といえば、東京オリンピック開会式の「オリンピック・マーチ」や被爆者への鎮魂歌「長崎の鐘」、夏の甲子園に響く「栄冠は君に輝く」、早稲田大学の応援歌「紺碧の空」、阪神タイガースの球団歌「六甲おろし」まで、今でも誰もが一度は聞いたことがある数多くの名曲を残した昭和の国民的作曲家である。

古関裕而

そんな古関裕而にはあまり知られていない「もう一つの顔」がある。軍歌・「戦時歌謡」の第一人者という顔だ。古関は一五〇曲に及ぶ軍歌・戦時歌謡を世に出した。プロの作曲家としてデビューするもなかなかヒットに恵まれなかった古関の出世作が、日中戦争のさなかに作った「勝ってくるぞと勇ましく……」の歌詞で有名な「露営《ろえい》の歌」。露営とは野外に設置した陣営・野営《キャンプ》のこと。前線の兵士と銃後の家族の気持ちに寄り添う歌詞と短調の哀愁漂う「古関メロディー」が戦時下の人々の心をとらえ、六〇万枚もの大ヒットを生んだ。「露営の歌」が古関の名を世に広めたのである。もし戦争がなかったら、古関裕而の戦後の活躍はこれほどまでになっていたか……そう思うとなんとも複雑な気持ちになる。

戦意高揚歌として新聞社が公募で歌詞を募集するも、「露営の歌」の歌詞は二等（作詞：藪内喜一郎）で、古関がメロディーを担当した。一等に選ばれたのは、大蔵省（当時）勤務の本田信寿の「進軍の歌」の歌詞で、陸軍戸山学校軍楽隊隊長の辻順治が曲を付けた。一九三七年、レコードのA面が「進軍の歌」でB面が「露営の歌」としてコロムビアから発売されるが、B面の「露営の歌」の方が爆発的にヒットし、皮肉にも陸軍お墨付きの「進軍の歌」はパッとしなかった。

一九三八年、戦前の婦人雑誌『主婦之友』（一九一七年創刊）が「婦人愛国の歌」の歌詞の懸賞募集を行い、仁科春子の歌詞が選ばれる。幼子を抱いた妻が中国大陸に出征する夫を見送る姿が目に浮かぶもので、あの「露営の歌」の古関裕而に是非にと作曲の依頼がきた。短調で力強くも哀愁漂う「古関メロディー」は、皇軍の銃後を守る妻の覚悟と逞しさを当時の女性たちに強く意識づけた。[1] このように前線から銃後まで、人々の心をギュッとつかむ作曲家・古関裕而を軍は放ってはおかなかった。

一九四一年一二月八日、ラジオのアジア・太平洋戦争の開戦の告知は、「海ゆかば」の後、

「臨時ニュースを申し上げます……」から始まった。ハワイ真珠湾への奇襲攻撃の「大成果」が報じられ（マレー上陸作戦は無視）、その後に「軍艦マーチ」が華々しく流れた。

古関裕而は、宣戦布告からシンガポール陥落の約二ヶ月は軍に連日引っ張り出された。一二月九日に「皇軍の戦果輝く」を発表。一二月一〇日にマレー沖海戦で英国の不沈戦艦プリンス・オブ・ウェールズとレパルスを撃沈した、というビッグニュースが届く。同日一九時の「臨時ニュース」に間に合わせるため、三時間弱で「英国東洋艦隊潰滅《かいめつ》」に曲を付けるという神業を古関は成し遂げる。[2]

その後の緒戦の日本軍の「快進撃」は周知の通り。年明け早々の一月二日にマニラ占領、二月一五日に英国の東洋の拠点のシンガポールの陥落に続いて、三月一日にジャワ、三月八日にラングーン（現ヤンゴン）と次々に南方戦線の要衝が陥落。大本営から逐次「戦果」の報告がラジオで報じられる度に、その「戦果」に見合った曲作りが音楽家に求められた。古関裕而もそれを担った一人。連日寝る間も惜しんで曲作りに励んだ。

戦争遂行の中で航空兵の需要が急速に高まる。古関は海軍飛行予科練習生（予科練）の「若い血潮の予科練の七つボタンは桜に錨……」で始まる「若鷲《わかわし》の歌」（一九四三年）を発表（作詞：西條八十、歌：霧島昇・波平暁男）。二〇万枚以上のヒットを記録。東宝映画『決戦の大空へ』を観て、その主題歌の「若鷲の歌」を聴いて、多くの少年たちが「七つボタン」の予科練に憧れて海軍の航空兵を志願し、帰らぬ人となった。予科練の七つボタンの「短ジャケット」は、一九四二年末の服制改正で実現。これも映画に合わせて大量募集のうたい文句となった。[3]

南方「皇軍慰問団」と拉孟《らもう》

日中戦争期から、兵士の娯楽と士気高揚のため日本や植民地の芸能人たちが陸軍省の後援で慰問公演を行うようになる。アジア・太平洋戦争期になると陸軍省だけでなく、ラジオ局、新聞社等の企画・後援で、日本占領地域に駐屯する日本兵のため、音楽、舞踊、文芸など様々な分野の「皇軍慰問」が奨励された。

朝ドラ「エール」でも古山（古関裕而）が南方慰問団員としてビルマに派遣されるシーンがある。古関は戦時期にビルマを二度訪れている。最初は一九四二年一〇月、古関裕而は社団法人東京放送局（JOAK：現NHK）派遣の南方慰問団員としてビルマの地を踏んだ。二度目は一九四四年四月中旬、大本営から「特別報道班員」を命じられ、インパール作戦のさなかにビルマのラングーンを訪れている。「エール」では二度目の一九四四年の訪緬が舞台。

一九四二年頃のビルマは、日本軍側からみれば比較的平穏な時期だ。楽団を指揮する古関裕而と一三名の楽団員、浪曲師の梅中軒鶯童《ばいちゅうけんおうどう》と弟子一名、三味線弾き一名、流行歌手五名、[4] 舞踊家石井みどりと舞踊団六名に落語家の林家正蔵、漫談家の徳川夢声の総勢三〇数名の大演芸団であった。慰問団はビルマの中央部マンダレーで二手に分かれ、古関の班はメイミョウ、ラシオ、クッカイ、センウイの北ビルマの日本軍の拠点を回りながらビルマと中国の国境の畹町《ワンチン》から中国雲南省に向かった。師団司令部のある雲南省西部の龍陵で、危険な道中を経て来た慰問団を労って渡邊正夫師団長は盛大にもてなし、慰問団に感謝状を贈った。[5]

古関裕而が拉孟守備隊の元准尉の神崎博に宛てた手紙が残っている（一九六一年六月三〇日付）。[6]古関は一八年も前の南方慰問行を鮮明に記憶している。懐かしさから神崎に長文の返信をしたためている。ビルマと中国の国境の畹町の小川を渡ると「一ぺんにアンペラ小屋が支那建築に変わり、地続きの国境をはじめて知りました」と記されている。

一九四二年一二月二日に最終目的地で最前線の拉孟陣地にたどり着くのだが、龍陵から約六〇キロ離れた拉孟へ向かった一行にとんでもないことが待ち受けていた。古関の手紙にもあるが、拉孟陣地に行く途中の九十九折《つづらおり》の輸送路（援蔣ルート）で演芸団を乗せた自動車五台のうちの一台が転落事故を起こした。事故車は英軍から没収したシボレー。舞踊家の蔡瑞月、古森美智子、小池博子と三味線弾きの岡本わさが乗っていた。運転手の曹長は車の下敷きになり即死。岡本が肩を骨折したが、舞踊団の女性らは軽傷ですんだ。古関はこの転落事故を二〇年近く経っても忘れることができなかったようだ。曹長には気の毒だが、死者一名ですんだのが奇跡に近かった。

山上に布陣した拉孟陣地に古関裕而が音楽慰問に行ったことはほとんど知られていない。赤

龍陵抗日戦争紀念館（2019年2月著者撮影）

龍陵抗日戦争紀念館に展示された
奥山彩子の写真

土の山肌と無数の松しかない辺境の地。兵士たちはとにもかくにも娯楽に飢えていた。

さて、日本女性に久しぶりに対面する拉孟の兵士たちの興奮ぶりは尋常ではなかった。先の転落事故で負傷した踊り子を手当てした衛生兵に対する男たちの羨望のまなざし……。彼女を背負った江田具視上等兵はいつまでもその感触を語っていたようだが、その彼も生還は叶わず拉孟で戦死した。歌手・奥山彩子の振袖姿に兵士らは狂喜乱舞し奇声を発して怪我人が出るほどに熱狂した。私も雲南省の抗日戦争紀念館で振袖姿の奥山彩子に出会えた。彼女の写真は日本兵だけでなく中国兵にも好まれたのか、日本軍の加害行為の展示を主としている資料館で、一見不釣り合いな奥山彩子の写真がその中にあった（二〇一九年二月訪中）。

拉孟陣地では女性客の訪問で女性トイレを新設し、夜間の特別警戒にも気をつかった。古関ら一行は、民間人（新聞記者などの報道班員を除く）としては初めて拉孟陣地に案内され、前線陣地に立ってさすがに緊張気味だった。

中国大陸は想像を超えて広大だ。現在でも一日では拉孟には辿り着けない。二〇〇〇メートル近い山上陣地跡から望む眼下の景色は雄大で、暫し言葉を失う。山々の谷間を這うように蛇行する大河・怒江は文字通り怒れる蛇の如し。怒江はビルマ領ではサルウィン河という。山に霧がかかると辺りは水墨画のような幻想的な景観に変貌する。雲南の霧は濃い。元兵士たちは「霧が出たらあかん。敵も味方もわからんようなるから休戦や」と語った。

拉孟の眺めは絶景だと評判になり、記者や作家なども平時の拉孟を訪れている。古関ら一行と同時期に、脚本家の水木洋子（一九一〇—二〇〇三年）が拉孟を訪れた。一九四二年一〇月末、南方に派遣された女流作家の一人に水木も選ばれた。派遣人名表には新聞、雑誌記者ら三七名のほかにマレーに林芙美子、ジャワに宇野千代など名の知れた女流作家九名が出てくる。最前線のビルマを取材した水木は、帰国後、『ビルマ新聞』（読売報知新聞発行）に一九四三年二月から一六回の連載「ビルマの旅」を掲載した。一九四四年一月には雑誌『令女界』に「前線のお正月」という題名で拉孟の将兵の日常をこう書いている。

「ここの兵隊さんは何れも穴倉の生活をしている。座っただけで頭のつかえる穴に毛布を敷いて、三人の兵隊さんが、終日、敵の動静を看視しているところであったが、穴の入り口に〆縄を張って、僅かにお正月気分を出している。この穴倉生活も、もう七ヶ月になるという」[7]

一九四二年の訪緬は、南方慰問団とは別に、音楽家・古関裕而に格別の興味を与えたようだ。それを証拠づける史料が最近、古関裕而記念館で見つかった。古関自らが撮影した六本の9・5ミリフィルムである。古関は日中戦争時の中国にも従軍楽団部隊として派遣されている。日中戦争時に撮影されたフィルムと、一九四二年の第一回目の南方慰問団のフィルムが収められており、ビルマの「土侯」と呼ばれる有力者に歓待される様子や北ビルマのセンウイの現地の小学生の唱歌や現地の人々の様子など、日本軍の占領政策を物語る貴重な史料である。拉孟陣地から望む展望なども映像に残されていた。

とりわけ古関が好んで映像に残したのがマレーやビルマの先住民の民謡や舞踊などである。現地で採譜した民謡の楽譜帳も残されており、これらが戦後の古関の新しい音楽創作の源になったと思われる。南方の新天地の音楽に触発された古関は、軍歌・戦時歌謡を越えた新しい音楽へのインスピレーションを得た。帰国後の一九四三年、古関裕而は、南方慰問団に同行した舞踊家石井みどりと「ビルマの夕べ」という催しを公演し、そこで自ら作曲した「ビルマ・プエ」など五曲の演奏を指揮している。これらの新しい音楽への試みは、戦後、映画『モスラ』をはじめ数々の名曲を生む原動力になった。[8]

「ビルマ派遣軍の歌」

二〇二〇年一〇月中旬の朝ドラ「エール」の第一八週の「戦場の歌」のシーン。舞台設定は一九四四年四月の戦況悪化が著しいインパール作戦下のビルマ。古関はインパール作戦の日本軍将兵の士気高揚のために「ビルマ派遣軍の歌」を作曲した。作詞はともに特別報道班員として訪緬した火野葦平。豪華な顔ぶれだ。ところで、「エール」ではインパール作戦（一九四四年三月―七月）のさなかの設定だが、これは史実とは違う。実際はインパール敗退後の一九四四年秋に発表。士気高揚には時すでに遅し。

実際にビルマの戦場から生還した将兵らによると、「ビルマ派遣軍の歌」は作詞家と作曲家が超一流のわりに、兵士にあまり受けなかったようだ。その中で将兵に最も広く歌われたのは、ビルマ戦線の兵士が作った「シャン高原ブルース」だった。これは必ずしもオリジナル曲ではなく、ブルース調でもないので「シャン高原の歌」の方がよいとのコメントがつけられている。[9]

戦友会で元大尉（一〇一歳）に「ビルマ派遣軍の歌」のことを聞いてみた。N響の演奏会に足しげく通う無類の音楽好きの方だが、戦時も戦後も「ビルマ派遣軍の歌」は聴いたことがないと語る。しかし、「シャン高原ブルース」はよく耳にしたらしく、自ら歌ってくれた。シャン高原は灼熱のビルマでは涼しく過ごしやすい。シャン高原のメイミョウは「ビルマの軽井沢」と呼ばれ、日本軍の師団司令部が置かれた場所でもある。

「エール」の第一八週では、ドラマだけあって、「ビルマ派遣軍の歌」が兵士たちの心を掴み戦場で歌われる感動的なシーンに使われている。小山裕一（古関裕而）の故郷の恩師・藤堂大尉は、インパール作戦の後方支援部隊の隊長という無理ある設定で登場する。藤堂大尉役の森山直太朗は、インパール作戦下の戦場で教え子の作曲した「ビルマ派遣軍の歌」を澄み切った歌声で独唱。なぜか藤堂大尉は二番の歌詞で歌った。一番の歌詞は「詔勅《しょうちょく》のもと勇躍し、神兵ビルマの地を衝《つ》けば」ではじまる、まさに「皇軍兵士」を鼓舞する歌。詔勅とは「天皇の御言を宣《の》る」という意味。テレビ的にも「お茶の間」にも聞きなれない言葉だけに、二番の「イラワジ河の水ゆるく御国の楯と進みゆく」の方が選ばれたのだろう。

なにはともあれ、ビルマ戦線の兵士が好んだのは、皇軍兵士として士気高揚を謳う変ホ長調の「ビルマ派遣軍の歌」ではなく、シャン高原の自然や人々の暮らしを謳った二短調の郷愁を覚える「シャン高原ブルース」だった。たとえがおかしいかもしれないが、古関の曲はマーチ調で行進したくなる旋律だが、「シャン高原ブルース」は外国の日本食レストランによく流れている「さくら さくら……」のような懐かしい旋律。「ビルマ派遣軍の歌」の方が格段に音楽性は高いのだが、兵士の心を打ったのは郷愁が漂う「シャン高原ブルース」だった。

ちなみに「シャン高原ブルース」の歌詞（一番）は次の通り。なんだかほっこりする。

野行き山行き　南の果てに
来たぞ高原　シャンの町
お花畑に　松風吹けば
桜吹雪の　春の宵

いよいよ音楽慰問会の日。藤堂大尉こと、森山直太朗の美声の後、朝ドラ史上いまだかつてない戦場の重たいシーンが続く。よりによって音楽慰問会開催の直前に、敵軍と激しい銃撃戦が始まり、藤堂大尉が裕一を庇ってまさかの戦死。朝ドラでの銃撃戦に賛否両論がネットを騒がした。

実際は、古関裕而はインパール作戦の従軍兵士の慰問はしていない。というよりしたくてもできなかった。古関が訪れた一九四四年四月のビルマの戦況は緊迫しており、音楽慰問団が戦場に馳せ参ずる状況ではなかったのだ。さすがにドラマは盛り上げるために、事実とは違う味付けを上手にする。

音楽家の戦争加担

この銃撃戦の後、古山裕一は、凄惨な戦場を目の当たりにして戦場の現実を知ってひどく心を乱す。予科練の「若鷲の歌」のように若者を戦場に駆り立てる曲を作り続けた自分を激しく責め、ついに曲が書けなくなるというストーリー。とてもよくできているが、実際の古関はそこまで自責の念に駆られていなかったようだ。時世に合わせた音楽で人々に「エール」を送り続けたのが古関裕而の実像に近い。

二〇二〇年一一月、私は古関の故郷に建てられた古関裕而記念館を訪ねた。[10] NHKの朝ドラで古関裕而夫妻が主人公となったことで連日多くの人が押し寄せ賑わっていた。

古関裕而記念館の学芸員は次のように語る（二〇二〇年一一月一九日、記念館にて）。

「古関の音楽家としての戦争責任についてはよく問い合わせがありますが、今の価値観でだけみてはいけないでしょう。戦後、NHKの取材でロザリオを持ちながら、『若鷲の歌』について自分が作った曲で若者が戦争に……ということを語っているのが唯一です。内面的には自分の作った曲が多くの若者を戦争へ向かわせることになったという贖罪の気持ちはあったと思いますが、彼はそれを文章や明確な言葉にしていません」

古関裕而の評伝『古関裕而――流行作曲家と激動の昭和』（中公新書）を書いた日本史学者の

古関裕而記念館（2020年11月著者撮影）

刑部《おさかべ》芳則氏によると、古関はある雑誌のインタビューに次のように答えている。

「あの当時の日本国民は、それぞれの分野で、お国のためにつくそうと考えていたわけで、私もまた、お国のために全力をつくした、としかいいようがありません」（『週刊平凡』一九七六年一月二二日）

もちろん、音楽家だけではない。これが当時の大概の日本人の本音であろう。

しかし、古関裕而が若い頃から尊敬していた山田耕筰の戦争加担は明白だ。一九三二年に日本の傀儡国家・満州国が建国された時、国歌をつくるにあたり、初代国務院総理の鄭《てい》孝胥《こうしょ》が作詞をし、これに曲を付けたのが他ならぬ山田耕筰である。山田はこれを機に軍と接点を強めていった。一九三八年には陸軍省報道部嘱託に任命される。これは将官待遇であった。一九四一年には日本音楽文化協会音楽挺身隊を結成する。そこでは自ら高級将校の軍服を身につけ、長靴を履き、日本刀を下げて精力的に活動した。山田が作った音楽挺身隊歌の一部を引用する。[11]

さあ行かう　ちまたのなかへ
ささげまつる　わが身だ　この楽の音だ
御国のために　ふるい起きてよ
はらからよ　我らが魂の歌を共に歌へ

アジア・太平洋戦争に突入後も、山田耕筰の「活躍」は色褪せない。山田や古関だけではない。当時のほとんどの音楽家や演奏家が戦争加担に手を染めていくのである。[12]

「音楽は軍需品なり」

懐かしい流行歌を聞くとその時代を思い出すように、音楽は時代の申し子であり、時代を映す鏡でもある。海軍省軍務局の平出英夫（一八九六—一九四八年）は、自著『音楽は軍需品なり』

（日本蓄音器商会、一九四一年）の中で、総力戦体制下で、音楽は思想宣伝や音楽教育、教化動員といった役割を担うべきと説いている。当時、「音楽は軍需品なり」というフレーズが音楽雑誌に頻繁に掲載され、音楽が国民や兵士の戦意高揚に利用された。これを誠心誠意、実行した代表選手が山田耕筰であろう。

さて、実際の戦場や占領地ではどうだったのか。音楽は軍需品（兵器）だったのか？

一七年以上も前になるが、私は元陸軍軍楽隊の西村初夫さん（一九一五―二〇一二年）から非常に興味深い話をいくつも聞いた。[13]

西村さんは陸軍軍楽隊のクラリネット吹きで、戦後は日本交響楽団（のちにＮＨＫ交響楽団に改称）に入団した演奏家のエキスパート。軍楽隊は、宣撫工作や士気高揚などを本来の任務とする、平出が掲げた「音楽は軍需品なり」の手本のような部隊なのだが、実際は、特に戦地や占領地では多様な音楽的な要求に応じていた。その要求は「軍需品」ばかりではなく、まさに音を楽しむ、あるいは心を癒すための本来の音楽であった。

「昭和一五年二月末、南寧（中国広西チワン族自治区の首府）方面へ派遣。軍司令官は今村均中将。山岳地帯の戦場に慰問演奏のため出かけた折に、高地で気流が悪く一時停戦したので、敵兵に演奏を聴かせました。兵士が『いま、軍楽隊が来た。演奏を聴きたいか』と拡声器で敵兵に問いかけると、なんと『聴きたい』との返事が来ました。拡声器を山の尾根に置きに行った兵士は、撃たれるのではないかと生きた心地がしなかったそうです」

一九四一年一二月二六日、西村さんは陥落の翌日の香港で英軍捕虜に対して演奏をした。「二〇名くらいの英兵捕虜が聞き入っているのを見て、英軍も音楽に飢えていたのだと思い、なんだかほっとしました」

「仏領インドシナ（現在のラオス、ベトナム、カンボジア）では、『蝶々夫人』のようなオペラの曲も演奏しましたが、ほとんどはマーチや序曲、やはり軍歌です。でも一番兵士が好むのは日本の流行歌で、戦地の雰囲気とはそういうものだったのです」

音楽を楽しんだ後のドンパチはさぞかし双方ともに気合が入らなかっただろうに……。第4章で登場した大橋中一郎さんは中国の戦場で、壊れたハーモニカで日本の歌を懸命に吹いた。戦場に出る前の部隊全員が聞き入ったという。音楽を戦地で聴くことは、人間性を少しだけ取り戻す行為であったのかもしれない。音楽は本来、軍需品（兵器）にはなり得ないのだ。

さらに西村さんは、こうも語る。

「軍楽隊は軍隊には珍しくリベラルな空気やデモクラシーが多少はありました。内地では鬼畜米英の音楽（特にジャズ）は禁止でしたが、戦地では町に出てどんなレコードでも買って聴けました」

「一九四三年に帰国後も軍楽隊は朝礼で、ハンガリー出身で米国にいたヨーゼフ・シゲッティ（一八九二―一九七三年）のヴァイオリンと米国人のベニー・グッドマン（一九〇九―一九八六年）のクラリネット、それにピアノの三奏者による『コントラスツ』（ベーラ・バルトーク作曲）のレコードをみんなに聴かせました」

音楽を通じて敵兵、捕虜、現地住民の心を束の間和ませ、もちろん部隊慰問もできるのだ。そして軍楽隊員は、敵国の音楽を拒絶していなかった。もっと言うならば、軍楽隊の中で西欧音楽は温存されていたのである。まさしく音楽には国境はない。音楽を軍需品にするなんて論外だ。

1 刑部芳則『古関裕而――流行作曲家と激動の昭和』中公新書、二〇一九年、七九―八〇頁。

2 前掲書『古関裕而』一〇六―一〇八頁。

3 高野邦夫『軍隊教育と国民教育――帝国陸海軍軍学校の研究』つなん出版、二〇一〇年、七五頁。

4 波岡惣一郎、藤原千多歌、内田栄一、奥山彩子、豊島珠江はすべて当時の人気歌手。

5 星野幸代「南方『皇軍』慰問――芸能人《アーティスト》という身体メディア」西村正男・星野幸代編『移動するメディアとプロパガンダ――日中戦争期から戦後にかけての大衆芸術』勉誠出版、二〇二〇年、一三三―一四九頁。

6 太田毅『拉孟――玉砕戦場の証言』昭和出版、一九八四年、四八―五三頁。太田自身も元龍兵団の将兵で、戦後拉孟の数少ない生存者の証言を収集した貴重な著書。古関裕而の書簡が収められている。古関裕而記念館で古関の別の拉孟の元将兵に宛てた書簡が見つかった。

7 水木洋子は映画脚本家。水木のビルマ・雲南従軍記の詳細は、加藤馨『脚本家 水木洋子――大いなる映画遺産とその生涯』映人社、二〇一〇年、一一一―一二七頁を参照。

8 二〇二〇年に、古関裕而が自ら撮った南方慰問団の9・5ミリフィルムと楽譜帳などの貴重な史料が見つかる。NHKBSプレミアム「もう一つのエール――古関裕而 新しい音楽への夢」(二〇二〇年一二月一九日)放送。番組作りに協力し、様々な示唆と資料提供を受ける。

9 全ビルマ戦友団体連絡協議会編『勇士はここに眠れるか——ビルマ・インド・タイ戦没者遺骨収集の記録』(付録第三「ビルマ戦線の歌」)、全ビルマ戦友団体連絡協議会、一九八〇年、五九五—六〇四頁。

10 古関裕而記念館は、地元福島市大町出身の昭和の著名な作曲家・古関裕而の業績を称え、「古関メロディー」を後世に継承し、音楽文化を振興するため、市制八〇周年の記念事業として一九八八年一一月一二日に開館した。

11 山田耕筰「音楽挺身隊歌を結成さる」(『月刊楽譜』第一〇号、松本楽器合資会社、一九四一年)。

12 戦時下の音楽家の戦争への動員や加担、またその責任問題については、戸ノ下達也『音楽を動員せよ——統制と娯楽の十五年戦争』青弓社、二〇〇八年に詳しい。

13 西村さんへの聞き取りは二〇〇四年八月四日に渋谷の西村フルーツパーラーで実施。

第8章　いま、戦争が起きたらどうしますか？

元陸軍中尉の問いかけ

「戦友の皆さん、もしいま戦争が起きて、こんな老人ですが、戦争に行ってくれと言われたらどうされますか？」

戦後七〇年（二〇一五年）に、元兵士たちが集う第2師団のある戦友会で、元陸軍中尉の水足さんがいきなり戦友たちに問いかけた。[1]

総務省の人口推計（二〇二〇年）によると、戦後生まれが総人口の八四・五パーセント（一億六五五五万二〇〇〇人）となった。当たり前だが、毎年戦後生まれが漸増している。戦場体験をもつ元兵士は概ね九〇代後半から一〇〇歳を超えた。もうすぐ戦場体験者はこの世から姿を消す。

戦友会の面々（2015年11月著者撮影）

いま、「戦場体験」を自らの言葉で語れる人はどれだけいるだろうか。

二〇〇五年から私が「お世話係」をしている第2師団の戦友会である勇会も、二〇一六年から二〇一八年にかけて元兵士たちの訃報が相次いだ。光橋中尉（享年九四歳）、金泉軍曹（享年九八歳）、角屋《すみや》上等兵（享年九六歳）、磯部憲兵軍曹（享年九九歳）、氏木隊長（享年九七歳）、この順番で見送った。皆さん、いま生きていたら一〇〇歳超えである。戦後七〇年に、水足中尉が冒頭で投げかけた問いかけに、戦友らが返した言葉は事実上の「遺言」となった。

水足さんは、一九二二（大正一一）年一月一日生まれの満一〇一歳。戦友の面々が誰一人超えられなかった一〇〇歳の壁を見事に突破！　水足さんは戦友会では事務局長兼無茶振り好きなＭＣ（進行係）役。彼の絶妙な気配りと軽快なトークで会は常に盛り上がった。現在（二〇二三年）、勇会の戦友は水足中尉ただ一人。最後の語り部を担うのはやはりこの人しかいない。水足さんにはもうしばらく戦友の元に行くのを遅らせてもらって、いまの日本の浅はかな「戦争屋」を戒めてもらわねばならない。

さっそく戦後七〇年の在りし頃の、元兵士らの会話をできるだけ忠実に再現してみよう。言い出しっぺの水足中尉が最初に口火を切った。

水足中尉の場合

「私は戦争になったらさっさと逃げます。戦争に行って、戦争のむごたらしさを嫌というほど経験し、私は最大の卑怯者になりました。戦争は何としても阻止しなくてはいけません。勝っても、武力では何も解決しません。だから自衛隊も軍隊もいりません」

一瞬、一同がキョトンとした。陸軍士官学校出なのにそこまで言っちゃう？　と誰もが思った。

水足さんは、陸軍士官学校（以下、陸士）56期の「職業軍人」である。士官学校というだけあって、卒業すると工兵第2連隊の少尉に任官し、年齢が若くても否応なしに指揮官となる。ビルマ戦線では戦歴豊富な年上ばかりの二〇〇名もの兵隊を部下にもった。

「部下の兵隊が皆死んでいって、自分のようなボンクラな指揮官が生き残ってしまった」と肩

陸軍士官学校時代の水足さん

エンタープライズに突入した特攻機（1945年5月14日。U.S. Navy Naval Aviation News, November 1945）

を竦めながら、「二三歳で戦死していればよかったんだけど、おっちょこちょいだから死ねなくてね。あとの人生はおまけなのにこんなに生きちゃって……」と照れ笑い。

　こんな風に言いながらも、水足さんは九〇代半ばまでビルマで戦死した将兵と、学徒出陣で一九四五年五月一四日に米海軍航空母艦エンタープライズに突入し、航空特攻死した早稲田中学時代の親友の富安俊助中尉のために毎月欠かさず靖国神社に参拝していた。[2] 水足さんも早稲田中学五年次に陸士を受験しなければ、早稲田大学に進学し学徒出陣で出征していたはずだ。水足さんが工兵を選んだ理由は、兵科の中で戦死率が高かったから。戦時中は早く戦果を挙げて名誉の戦死を遂げたかったそうだ。水足さんがそう思った理由の一つに親友の富安俊助さんの特攻死があったと思う。そんな水足さんが「戦争になったらさっさと逃げる。卑怯者となってもかまわない」、とどのつまり「自衛隊も、軍隊もいらない！」と戦友の前で語った。戦時中なら指揮官の敵前逃亡は言語道断。軍法会議で死刑も免れない重罪である。水足中尉が戦友会で、思いつきでこんなことを語ったのではないことは戦友の面々は重々承知のはず……。

二〇一五年の戦友会の状況について簡単に説明しよう。第二次安倍内閣時（二〇一二年一二月発足）から戦後七〇年（二〇一五年）にかけて、戦友や遺族だけでなく、戦友会には保守系右派団体の人たちが入れ替わり立ち替わり大勢押し寄せた。二〇一三年は戦友と遺族合わせて一三名だったが、二〇一五年には戦友や遺族を上回る「部外者」（ピークは一七名）が戦友会に随時入会した。例えば、「従軍慰安婦はいない」、「朝日新聞をぶっ潰す」と訴える人たち、「自虐史観」によって「貶められた歴史」を正す教育に従事し、靖国神社併設の戦争博物館、遊就館に足繁く通う人たち、日本会議某支部主催の勉強会や「英霊にこたえる会」の会員たち。勇会だけあって（?）あちこちの「勇ましい人たち」が集ってきた。彼ら彼女らは数回参加するも、どんなに長くても半年くらいでぱったりと来なくなった。総じて熱しやすく冷めやすい人たちだった。この人たちは水足さんの前述の発言の意味が全くわかっていなかったようだ。不肖「お世話係」は戦友会歴一八年（二〇二三年現在）、怪しげな来訪者が繰り広げる戦友会でのすったもんだをしかと目撃した。[3] 長くいればいいというものでもないが、「部外者」の筆頭として最後まで見届ける所存でいる。

最後に愛が勝つ

水足さんは、おもむろに一冊の本を取り出した。イアン・J・ビッカートン『勝者なき戦争――世界戦争の200年』（大月書店、二〇一五年）。本を紹介しながら「戦争は小さないざこざから始まる。戦争は勝ってもその被害は甚大で、その最大の被害者は一般の人たちだ」と述べた。さらに、とかく「安倍シンパ」が多い戦友会で、水足さんは当時の安倍政権にも苦言を呈した。

「安倍さん人気が落ちている。これは国民が戦争を嫌がっている証拠。戦争は絶対にしてはいけない。愛が大事、最大に愛すること。妻を愛し、子どもを愛し、兄弟を愛し、隣人を愛し、社会を愛し、隣国を愛することが戦争回避に繋がるのです」。「戦争回避に愛」なんてあまりに情緒的だと反論したくなる人もいるだろうが、「反骨の一〇〇歳のジャーナリスト」で有名なむのたけじさん（一九一五―二〇一六年）も晩年の講演会で「男女が愛し合えば、戦争をしたくなくなる。妻を、恋人を、友人を、隣人を愛せよ！」と訴えた。[4] 一世紀を生き抜いたジャーナリストが残した遺言も「愛せよ！」。

右を見ても左を見ても「今だけ、金だけ、自分だけ」。家庭にも、隣人にも、社会にも、国同士にも「愛」が足らないと、争いが絶えなくなって戦争になる。なんだか妙に腑に落ちる。大国は、小国（他国）を蹂躙して、自国だけが幸せになれるとまさか本気で思っているのだろうか……。

兵士たちは「愛する人（国）のために戦う」とよく口にするが、どんな立派な大義名分を掲げても、現実の戦争は無辜《むこ》の人たちの命や財産を奪う破壊行為だ。殺した敵兵にも家族や恋人や友人がいる。殺し殺された後に残る悲嘆と憎悪の連鎖は、次世代、次々世代へと引き継がれ、さらなる憎悪を生み、再び戦争を引き起こす燻ぶった火種になる。戦争は愛から一番遠い行為。ミュージシャンのＫＡＮのヒット曲の歌詞ではないが「必ず最後に愛が勝つ」と叫びたい。

氏木隊長の場合

氏木隊長は水足中尉より二期先輩の陸士54期。騎兵隊と戦車部隊の隊長。戦友会の会長でもあったが、常に「氏木隊長」と呼ばれていた。騎兵も戦車部隊も将兵の憧れの兵科。氏木さんは大変人望が厚く、他の部隊からも一目置かれ、誰もが氏木隊長の発言に耳を傾けた。氏木さんは若者への提言もこめて次のように述べた。

「私はもう戦には行かないねえ。しかし、戦争はなくならんねぇ、人間が生きている限り……。ただし、弾を撃って血を流す戦はしないで生きていくにはどうするかを考えていかなければならない。これからは人類の知恵が試されると思うがね」

知恵の足らない人類は、今でも弾で血を流す戦を繰り返している。

光橋中尉の場合

光橋中尉は第2師団歩兵第29連隊の連隊旗手。軍旗は天皇の分身だった時代。連隊旗手は軍人の誉れであり、連隊の中でも優秀な人材が抜擢された。

水足中尉の陸士の同期の光橋中尉は、暴走する「同期の桜」を時にはやんわりと時には厳しく抑える役割を担っていた。水足さんが、一九四五年にビルマ戦線で戦った将兵の「慰労」のために、ベトナムに慰安所を作った話をしたときは眉をひそめ、「水足、そこまでここで言う必要はないんだ」と戒めた。水足さんは、連隊長の許可の下で慰安所を作った話をさらりと語った。その時、「従軍慰安婦はいなかった」と訴える「勇ましい人たち」はなぜか黙秘権を行使。何も反論しなかった。いや、できないでしょう。なんたって実際に慰安所を作った中隊長が証言しているのだから。光橋さんが皇軍の名誉を傷つけるとばかりに困惑していた顔が忘れられない。

水足さんの問いかけに対して、光橋さんは次のように答えた。

「戦争は二度としてはいけないのはそのとおり。ただし、支那事変と大東亜戦争を同類に考えてはいけない。私は戦争の酷いものをたくさん見てきた……でも我々も頑張った。よくあれだけの力があったと思う。我々はよくやった」

このように「支那事変」と「大東亜戦争」をわけて考える旧軍人はけっこういる。当時、「大東亜戦争」には欧米列強国の植民地支配からのアジアの解放という「大義名分」があった。当時はそれを信じて戦ったという証言も多くの将兵から聞いたが、しかし、彼らが実際に目にした戦場は緒戦を除けば、解放どころか非常に惨たらしい侵略戦争そのものだった。

光橋さんは命を顧みずに闘った兵士たちの功労を戦後世代にも知ってもらいたかったのだろう。だが、先の戦争が正しかったとは言っていない。水足さんのように歯切れよく思いを言えない心の葛藤が読み取れる。

義父・遠藤三郎中将の場合

光橋さんは陸軍中将の遠藤三郎（一八九三―一九八四年）を義父にもつ。遠藤三郎中将（陸士26期）は、一九三二年に関東軍の作戦参謀、三四年に陸軍大学校教官、その後、参謀本部第1課長、第3飛行団長、陸軍航空士官学校長や軍需省航空兵器総局長官などを歴任した軍部の重鎮であったが、戦後は一貫して護憲を徹底的に唱え、反戦運動に専念した極めて稀な元陸軍人である。戦後、極右派は遠藤中将を「赤の将軍」と揶揄し非難し続けた。[5]

一九五六、五七年に中国の要請に応じて中華人民共和国を視察。五七年に光橋さんも同行した。帰国後、二度と中国と戦火を交えてはならないと決意し、一九六一年八月一五日に遠藤中将と志を同じくする元軍人らと「日中友好元軍人の会」を結成した（現在は「日中友好8・15の会」）。創立宣言では、「戦争の罪悪を身をもって体験した軍人として、戦争放棄と戦力不保持を明示した日本国憲法を遵守し、近隣諸国、とくに中国との友好を進めんとする」と謳っている。[6]

水足さんは戦後、吉田茂が作った「日本国土開発（一九五一年設立）」で遠藤三郎の息子の遠藤十三郎さん（陸士58期）と同僚だった。水足さんは十三郎さんから遠藤三郎の持論の「軍備亡国論」を聞いて、遠藤将軍は非常にユニークな人物だと好奇心が湧いたそうだ。戦争のプロが、日本は地政学的にも戦争に不利で、資源も乏しく、原発が列島に配備されており、日本が再び軍備増強を行えば必ず国が亡びると強く訴えたのだ。さらに遠藤は、非武装は無防備ではないとの持論を展開し、「非武装（無防備）でも防備（防衛）の手段方法はいくらでもあります」「心の構えが第一であり、政治、経済、外交あらゆる面においても防衛の目的が達成せられます。威武に屈せず富貴に淫《いん》しない独立の精神、そして内にあっては不平不満をなくして内乱の原因を剪除する格差解消の政治経済、外にあっては諸外国と友好を深め敵を作らない外交などがそれであります。科学技術が発達して原子力が開発され宇宙時代に入った今日、軍備国防のごときは無意味であるばかりでなく、むしろ軍備そのものが有害無益、きわめて危険な存在にさえなったのであります」「日本国憲法は明らかに国防の真髄を示しております」と述べた。[7]半世紀以上前の言論とは思えない、現代にも十分通用する内容に驚く。

しかし、光橋さんは義父・遠藤三郎中将のことをほとんど戦友会では語らなかった。このあ

軍装の金泉さん（左端）

たりのことを本人に直に聞けなかったことが悔やまれる。

角屋《すみや》上等兵の場合

角屋上等兵は、「戦争は嫌だ。でもいざという時は俺は日本を守るぞ！」と威勢よく語った。角屋さんは戦争反対の立場だが、軍隊は必要だと訴えた。しかし、角屋さんは「戦はよその国ではやってはだめだ」と付け加えた。この一言が重要。よその国で戦争をすれば、戦場にされた側からみれば明らかに「侵略」である。かつて日本はどれだけよその国を戦場にしたか忘れてはならない。

金泉軍曹の場合

古参兵の金泉軍曹がいつも口癖のように語る言葉。

「私は軍隊が大嫌い。二度と戦争はしてはいけない。最初から相手が憎いわけではないのに殺し合う。相手にも親兄弟がいて死んだら悲しむでしょう。戦争ほど愚かなことはない。勝っても負けても意味がない。所詮、国同士の関係だからね」

ガダルカナル戦とビルマ戦の激戦を生きのびた金泉軍曹の言葉はずっしりと重い。

安喰《あじき》さんの場合

安喰さんは、陸士61期生。陸士59期から61期までは陸士を卒業前に敗戦を迎えた。陸士最後の61期の安喰さんは、在校中は爆弾を抱えて戦車のキャタピラに突っ込む特攻訓練ばかりさせられていた。戦争がもう少し長引けば安喰さんはおそらくこの世にいなかった。安喰さんも「戦争は反対だが、自国は自分で守らねばならない」と主張し、「勇会には昭和三〇年代から参加。61期は戦争の後始末をするためにいる」と締めくくった。安喰さんのように決意をもって陸軍士官学校の門をくぐった人たちは、戦場に行けなかったことにある種の「負い目」のような感情をおもちのようだ。だからだろうか、先頭に立って有事には身を捧げる覚悟があると直立不動で返答された。陸軍士官学校（あるいは幼年学校）に入って戦場に行かずに敗戦を迎えた人たちの中には、戦後、改憲と国防軍の必要性を強く主唱する人がいる。あくまで憶測に過ぎないが、戦場体験がない「負い目」が勇ましい言葉を生むこともあるのではないだろうか。実際に戦場体験があるかどうかが、元兵士たちの間で戦後の生き方や戦争に対する考え方に大きな影響を与えている。

栗田中尉の場合

さらに、同期生の仲でも「戦場体験」があるか否かで、戦争に対する見解が大きく異なる場合もある。

勇会の会員ではないが、陸士57期の二人の元将校は戦争に対する見解がまったく異なった。戦争末期、陸士57期は少尉に任官し、敗戦色濃い前線に次々に送り込まれた。ビルマ戦線もその一つ。57期までがリアルな戦場体験があるギリギリの期だろう。一九四五年三月、陸士57期の栗田中尉は、戦争末期のビルマ撤退作戦のイラワジ会戦に投入され、英軍との銃撃戦で頭蓋骨陥没の重傷を負いながらも「地獄のビルマ」から奇跡的に生還した。

彼は「戦争は人間を壊す。あんな惨めなものはない。絶対にしてはいけない」と語気を強める。三月の灼熱のイラワジ戦場では、間断ない英軍の空爆よりも水の欠乏が何より苦しかったと語る。二〇一六年に「あの猛烈な暑さを知らない人間にビルマ戦の話をしてもわかるはずがない」と言われた。私は発起し、翌年三月に栗田中尉が戦ったイラワジ河付近の戦場に赴き、その灼熱を体験した。早朝でも三〇度を超え、日中の日差しは帽子を被っていても耐え難い。ミャンマー人は寺院内ではすべて素足で、地面に額を付けるようにして祈りを捧げるのだが、ひ弱な足の裏をもつ私はその暑さに耐え難く、歩くことも地面に座ることも決死の覚悟だった。

栗田さんの経験したイラワジ河の川辺を歩いてみたが、穏やかな大河の流れを眺めながら、ここが戦場だったとしたら身を隠す場所もないではないか……と辛くなった。灼熱の中で、水も弾薬も枯渇し、見捨てられた戦場。栗田さんは「絶望」の一言だったと語る。

一方でこんな人もいる。栗田中尉の同期生の某中尉は航空特攻部隊の隊長であった。多くの若者が特攻死した現実を知る身である彼から出た言葉とは……。

「軍隊は絶対に必要だ！　若者が国防のために死ぬことができない国に未来はない」

保守系右派が聞いたら泣いて喜ぶ発言。まさに彼は保守系右派のヒーローであった。この元特攻隊長の発言は若くして散った隊員を思ってのことだと思うが、とりわけ彼は戦死者を靖国神社で「英霊」として祀ることを重視していた。

憲兵時代の磯部さん

栗田さんに同期生の言葉を伝えると「彼は、軍隊は知っているが戦場は知らんから仕方がない」とさらりと語った。「栗田は本当の戦場を知っているから心して話を聞いてきなさい」と、栗田さんを紹介してくれたのは、実はこの元特攻隊長だった。

磯部憲兵軍曹の場合

「戦争に行きますか」という問いに対して、磯部さんは「戦争は絶対に行きません。戦争に行けと言われたら私は一目散に山にでも逃げますね。米袋を抱えて逃げますよ！」ときっぱりと答えた。

元憲兵軍曹とは思えない発言に私はびっくり仰天。「そんなことをしたら『憲兵』に捕まっちゃうじゃないですか！」と叫んでみた（心の中で）。

ＭＣの水足さんが間髪入れずに一言。

「憲兵さんが戦争反対なんだから怖いものはありません」

「勇ましい」戦争非体験者たち

水足さんは、戦友以外の戦後世代の会員にも問いかけた。

「愛国主義者の皆さん、戦後七〇年にどう思われますか」

六〇代の男性の場合

六〇代男性は「海軍の父からは何も聞きませんでした。若い時、海軍関係の本を読んだが、陸軍の人たちの話は思っていた以上にリベラルでした。皆さんの戦争体験の証言はリアルで本とは違いました」と話した。

四〇代の会社員の男性の場合

次に、保守系右派の代表選手の、四〇代の男性が早速持論を展開した。

「かつての軍人は日本の自衛のために、白人の世界植民支配を打破するために命を捨てて戦ってくれました。日本軍の特攻や玉砕に対する畏敬の念が、アジアの人々に勇気を与え独立戦争を戦う力を与えました。自虐史観の教科書で学んだ国民の意識を変え、正しい歴史を認識すべきです。日本の総理が靖国神社を参るのは当たり前です」

保守系右派の決まりきった文言だ。今は亡き安倍元首相が聞いたら絶賛間違いなし。

安倍さんを喜ばせておく程度にしておけばよかったのだが、彼はさらに饒舌になった。戦場体験も戦争の被災体験もない戦後生まれが、ビルマ戦場で戦った元兵士らの面前でビルマ戦線を語る暴挙に出た。彼によると、インパール作戦は敗退戦ではないらしい。とにもかくにもこの人は二〇一五年一一月を皮切りに「大東亜戦争とビルマ戦線」という題目で、元軍人の親睦団体の偕行社で数回の講演会を実施した。彼のメンタルは超合金並みであるのは間違いない。

「お世話係」の私は、彼の戦友会での言動をハラハラドキドキしながら見守っていたが、ある日、堪忍袋の緒が切れた古参兵の金泉軍曹が「もう一度ペリー来航から歴史を勉強し直してきなさい」と一喝した。しかし、彼はどこ吹く風でその後も「軍事研究家」を名乗っていた。彼は私とは違う視点でビルマ戦線の本を書きたいとよく言っていたが、出版の折にはぜひとも書評を書かせて頂きたい。

飛行機好きの三〇代男性の場合

ペリリュー島の戦友・遺族会の理事も務めている三〇代の男性は、「こちらの戦友会にはお邪魔させて頂く気持ちで参加させて頂いています」と謙虚な姿勢で語る。彼がペリリュー島を含むパラオの戦争に興味をもったのは戦闘機マニアとして初めてアンガウル島を訪ねたのがきっかけだそうだ。その後パラオの戦いを後世に残したいと何度も訪問を重ねた。戦争の記憶の継承を担おうとする奇特な若者であることは間違いない。しかし、彼が継承する戦争の記憶は前出の四〇代の男性の掲げる歴史認識と同じなのだ。

「リベラル」と「市民」という言葉が大嫌いと私に語った彼は、「戦争には反対。でも反日を唱える人には日本から出て行ってほしい」と言い、さらに「自分の国は自分たちで守らなければいけない」とも付け加えた。ほっそりとした今どきの人だが、本気で戦場に行く覚悟があるのだろうか……。

舞台俳優の三〇代男性の場合

ある舞台で航空特攻の隊長を演じるという三〇代の舞台俳優の男性は、二回だけの参加であったが、「僕は間違った歴史、靖国神社を参拝するなという偏向教育を受けてきた。役者としてこれを変えていきたい」と熱く語った。

実際に戦場で戦った元兵士たちよりずっと勇ましいことを熱く語る戦場体験のない人々。彼らが饒舌になると老兵たちはなぜか寡黙になった。

水足さんは「皆さん、戦争を美化しちゃいけません」と珍しく語気を強めた。

不戦を訴える元兵士たち

ロシアのウクライナ侵攻に乗じて、日本でも武力を強化し敵に攻めさせないようにする軍備増強論がにわかに説得力を持ち始めてきた。この機に日本の極右派・改憲勢力（「もっとも勇ましい人たち」）が年来主唱してきた、憲法九条を破棄し、自衛隊を「国防軍」にバージョンアップし、再び戦争のできる国にするための口実にロシアのウクライナ侵攻を利用している。「もっとも勇ましい人たち」は、「台湾海峡有事」を声高に叫び、さらなる危機感を煽っている。

戦争は不毛である。日本は、二度と近隣諸国と事を構えてはならない。やられたらやり返したくなる、武器をもっていたら使いたくなる、追い詰められたら何をするかわからなくなる。そして、戦争は始めるのは容易いが、止めるのは格段に難しい。一度始めたら行くところまで行く。その先は、阿鼻叫喚の戦場である。「勇ましい人たち」は軍拡に反対する護憲派の頭の中は能天気な「お花畑」とよく揶揄するが、これらはすべて地獄の戦場を体験した元兵士たち

第33軍参謀当時の黍野さん

の言葉である。彼らにそのように言えるのだろうか。
ビルマ戦線で戦った元参謀の黍野《きびの》さんは涼しい顔で「一度始まった戦は辻政信でもそう簡単には止められない、たとえ軍司令官でも難しい……」と語り、驚くことに「最初から勝算のない作戦だとわかっていても後には引けないんだ」とも語った。ビルマ戦線は勝ち目のない作戦のオンパレード。約三三万人の将兵が投入され、一九万人が戦死した「地獄のビルマ」。戦死者の八割近くが戦闘による死ではなく、傷病死や餓死だった。戦場となったビルマでは、平穏な人々の暮らしも、美しい土地もめちゃくちゃにされた。戦争の破壊の凄まじさはウクライナの惨状を見るまでもない。
軍隊と戦場を骨の髄まで知り尽くした年配者たちの言葉には相当の説得力がある。もちろん小さな戦友会の数名の元兵士の言葉がすべての元兵士を代弁しているわけではない。だが筋金入りの「もっとも勇ましい人たち」も、老兵を前に、持ち前の論を展開できずに黙った。中には立場をわきまえることなく元兵士らの前で、「インパール作戦は決して負け戦ではなかった」と持論を長々と語る「強者」もいたが……。「もっとも勇ましい人たち」の声が大きくなってきたのは、戦場体験者が姿を消してその声が風化してきたからに他ならない。

戦争を準備し、開始し、遂行する人間は戦争では死なない。戦争を始める人間は「自衛」という言葉を頻繁に発する。その自衛のための戦争で死ぬのは誰なのか。戦争を始めた人間ではないのだ。戦争は自衛から始まり、その戦争には必ず「死」が存在する。戦争を始めた人間は、その「死」に責任を取ってくれるのか。日本が過去に犯した戦争による内外の戦没者の声なき声に、現代の「もっとも勇ましい人たち」はどれだけ真剣に耳を傾けてきたのか。それどころか、過去の戦争を正当化し、再びウクライナ侵攻を機に自衛を訴えて九条を改憲しようと躍起になっている。

元兵士らがかつて若者であった時、「国のために死ね」という指揮官の命令で、虫けらのように死んでいった兵士を嫌というほど見てきた。

私は内外を問わず軍拡を叫ぶ「もっとも勇ましい人たち」にこそ、軍隊と戦場を知る元兵士たちの遺した言葉を伝えたい。いま、その思いに突き動かされている。

「戦争を知らない奴ほどラッパを吹く」

「戦友の死を無駄にするな」

「戦争をしたがる輩は戦争を知らない人間だ……」

1 第2師団の通称号は「勇《いさむ》」なので、戦友会名を「勇会」と呼ぶ。二〇〇七年末、勇会は会員の高齢化で一旦閉会するが、二〇〇九年三月に戦友や遺族ではない戦後世代も会員とし「勇会有志会」となる。第2師団は、福島、新潟、宮城の三県から編成され、主にガダルカナル島（ソロモン諸島最大の島）や中国雲南省を含むビルマ戦線の激戦地で戦った。

2 富安俊助（一九二二―一九四五年）は長崎県生まれ。早稲田大学に進学、大学では柔道部に所属。水足さんによれば「富安は運動神経が抜群で中学の鉄棒で大車輪を何度もやっていた。在学中はハーモニカバンドを結成しコンサートを行うほど音楽好きでもあった」。学徒出陣で海軍に入隊し、神風特別攻撃隊「第6筑波隊」として出撃。単機でエンタープライズに突入。エンタープライズは大破し戦線離脱を余儀なくされた。

3 勇会有志会で繰り広げられたエピソードの数々は以下を参照。「戦友会狂騒曲――おじいさんと若者たちの日々」というタイトルで月刊誌『世界』九二三号―九二七号（岩波書店）に五回連載（二〇一九年八月―一二月）。

4 むのたけじ（本名武野武治）は一九一五年秋田生まれ。報知新聞を経て一九四〇年、朝日新聞に入社。従軍記者として戦地に赴く。戦時期、記者でありながら真実を書けなかったことへの悔恨から、敗戦の日、負け戦を勝ち戦のように報じ国民を裏切ったけじめをつけて朝日新聞を退社。その後、地元の秋田に戻り週刊新聞「たいまつ」を創刊。生活者の視点から人々が幸せに暮らす道を問い続け、九条の大切さと反戦を訴える講演会や執筆を一〇一歳で亡くなるまで続けた。

5 遠藤三郎の生涯については、宮武剛『将軍の遺言――遠藤三郎日記』毎日新聞社、一九八六年、を参照。

6 日中友好元軍人の会『遠藤語録』編集委員会編著『軍備は国を亡ぼす――遠藤三郎語録』日中友好元軍人の会、一九九三年、二二九頁。

7 前掲書『軍備は国を亡ぼす――遠藤三郎語録』四四頁。

第9章　戦没者慰霊祭に響き合う「ポリフォニー」

遺族間の「温度差」

「『何年のお生まれですか？』って聞かれるのが嫌なのよ」

ある関西方面のビルマ戦線の慰霊祭で遺族の洋子さん（仮名）が私の耳元で囁いた。

またなんで？　最初は不思議に思った。女性に年齢を聞くなんて、という類の話ではない。戦没者慰霊祭で顔を合わせる遺族や家族は一枚岩ではない。微妙な「温度差」があるのだ。しばらくして、私も洋子さんの気まずさの理由が徐々にわかるようになった。

戦後八〇年近くともなれば、もう戦場体験者はほとんどが鬼籍に入っている。その子ども世代も大半が七〇代、八〇代である。洋子さんは今年で七一歳。父親が戦争に行っている世代としては若い方だ。戦争が終わって七年後に生まれた洋子さん。このことは彼女の父親が戦場から生きて帰り、戦後に家族をつくったことを意味する。当たり前だと思われるかもしれないが、ビルマ戦線のように帰還者が三人に一人という過酷な戦場では当たり前の話ではない。杖を突きながら老体を引きずるようにして戦没者慰霊祭に参列する老親、彼らに付き添う娘や息子や孫の姿はよく目にするが、洋子さんも父親が亡くなるまでは、父親に付き添って慰霊祭に家族として参列していた。

かつて、その光景を複雑な思いを抱えながら見詰める遺族もいた。

「なぜ、あの人はのうのうと生きて帰って来て、父は帰って来てくれなかったのか……」

のうのうと生きて帰って来たのでは毛頭ないのだが……。戦没者の遺族がそのように言いたくなる気持ちもわからないではない。

戦没者慰霊祭は、当然ながら帰還者の元兵士と戦没者の遺族が、亡くなった兵士の御霊《みたま》をともに悼む場である。異国の地に眠っている戦友の御霊安かれと祈り、身も心も私財も惜しみなく投じる所存で参列している元兵士たち。そんな帰還者の家族として父親と参列した洋子さんは、「父が生きて帰って来たから自分は生まれた。だからお父様を亡くされたご遺族の前では何も言えないのよ」と呟きながらも、次のように語った。

「遠藤さんにだけは話すけどね。父は普段はとても優しかったのよ。でもビルマのことになると人が変わったように殺気だって、戦友会の会合にも慰霊旅行にも最優先に出かけるような人でね。おかげで子どもの学費とか家族のための大事な費用がビルマのために使われちゃって、兄は大学に行ったけど私は大学に行けなかったの。そのことは今でも恨みに思っているのよ。ビルマ人の若者には奨学金まで出してあげたのに……」

この手の話はよく聞く。洋子さんの父上が特別なのではない。ビルマ戦場の複数の帰還者の元兵士から、「戦没兵士ファースト」の話はいくつも聞いた。戦後、必死に成した財産は自分の家族のためではない。軍人恩給と退職金の全てを自分の部隊の戦没慰霊塔の建立に投じた元将校や、福岡県のある霊園の土地を広範囲に購入し、先祖の墓と同じ敷地にビルマ戦没者の慰霊碑をいくつも建てた元兵士もいた。どちらも家が建つほどの私財を投入したと家族から聞いた。家族としては堪ったもんじゃない。残された家族は総じて、残された慰霊碑などの維持に頭を悩ませている。

中国雲南省の山上で「玉砕」した第56師団歩兵第113連隊（拉孟守備隊）の戦没者慰霊祭（福岡県護国神社）では、そこにいる元兵士らがそもそも希少な生き残り。帰還者とその家族よりも、戦没者の遺族の方が断然多いのだ。「玉砕」というとアッツ島や硫黄島などの洋上の孤島を思い浮かべるものだが、拉孟は違う。拉孟は陸続きの山上陣地。撤退しようと思えばできるのにしない（できない）のが「皇軍兵士」なのだ。[1]

戦没者慰霊祭の遺族の多くは全滅戦争で戦没した拉孟守備隊の親族である。子どもは父親の顔も知らずに、父親も我が子を胸に抱けずに愛する家族に思いを馳せながら異国の地に骨を埋めた。母親の腹の中に命を宿して、まるで亡父の生まれ変わりのようにこの世に誕生した赤ん坊がどれだけいたことか……。戦後の混乱時に乳飲み子を抱えて路頭に迷う母子や孤児の置かれた境遇は筆舌に尽くし難い。戦争の悲惨さは戦場だけにあるのではない。戦後の生き地獄を物語る出来事もあっただろう。

戦没者慰霊祭とは戦没者の御霊を慰める場であるとともに、遺族の持っていき場のない思いを互いに受け止めて慰め合う場でもあった。反面、帰還した元兵士とその家族の姿に複雑な思いを抱える遺族もいた。父親が生きていたらこんな感じに年老いたのかと想像しながら、彼らに付き添う娘や息子の姿を目の当たりにして、若くして亡くなった自分の父親の無念と、父親を知らないわが身を不憫に思うのである。参列者の多様な心の叫び声が交錯する中で、戦没者慰霊祭は例年粛々と行われてきた。

田中實さんの場合

「生きて虜囚の辱めを受けず」で有名な戦陣訓のもとで、最後の一兵が死ぬまで戦った皇軍兵士。降伏や撤退は論外。上官の命令は天皇陛下の命令。天皇のために死ぬのが皇軍兵士の本懐。そのような中で彼らが生き延びるケースは、戦闘で深い傷を負って後方に送られるとか、あるいは戦闘中に意識を失い不覚にも捕虜になるとか……。彼らは決してのうのうと生きて帰って来たのではなかった。戦場で死に損なったわが身を恥じ、あるいは自分の身代わりで死んだ戦友の顔を片時も忘れることなく月日を重ねた。満身創痍の元兵士たちは、身体だけでなく心にも深い傷を負っている。そのことを田中さんは目の当たりにした。

田中さんの父親は第31師団（烈兵団）としてインパール作戦で戦死した。父親が戦争に行った時、田中さんは二、三歳。父親のことはほとんど覚えていない。田中さんは戦没者慰霊祭にも欠かさず出席し、父親の戦友とともに亡父を偲んだ。亡父の部隊の戦友会にも度々出席したが、心が晴れたことはなかったという。

「なんだかんだと言っても戦友が一堂に会して、酒を飲み交わし軍歌を歌って楽しんでいるじゃないか」

田中さんは「慰霊祭だ、慰霊碑だ」と戦友会で寄付を募る老人たちを冷めた目で見ていた。生きながらえて、戦後、家族をもって普通の生活を営んできた戦友らに比べると、誰にも看取られず二〇代後半で亡くなり、遺骨も戻っていない父親と、若くして寡婦となった母親が不憫でならなかった。

ところが、二〇年以上前、田中さんは父親の戦友たちとともにミャンマーへ慰霊巡拝旅行に出かけて彼らに対する気持ちが一変した。シッタン河の畔《ほとり》に着くと、今まで平然と旅をしていた老紳士が、突如、戦友の名を絶叫し、「来るのが遅くなった、許してくれ！」と何度も詫びながら川辺で泣き崩れたのだ。濡れることも厭わず人目も気にせずに号泣する目の前の老人の後ろ姿に衝撃を受けた。田中さんは「はじめて帰還した元兵士たちの深い悲しみを垣間見た気がしました」と語った。戦争末期、シッタン河の川岸には渡河できず力尽きた兵士の屍が累々と重なり、まさに阿鼻叫喚の惨状だった。

永田治子さんの場合

一九四四年九月七日、永田治子さんの父親の永田健太郎さんは、拉孟守備隊の一員として、最後の一兵まで戦って、拉孟の「玉砕」日に戦死した。一九四二年生まれの治子さんも父親の顔を覚えていない。寡婦となった母親の淑子さん（二〇一九年六月一九日死去、享年一〇〇歳）と二人でまさに泥水を飲むような苦しい生活をしながら必死に戦後を生き抜いてきた。治子さんは四〇年近く前から福岡県護国神社の戦没者慰霊祭に参加している。そして、治子さんも長年複雑な気持ちを抱えてきた一人である。

治子さん（右）と母親の淑子さん
（2018年4月著者撮影）

二〇一六年九月七日に、福岡県護国神社での第１１３連隊の戦没者慰霊祭で、私ははじめて治子さんに出会った。慰霊祭も終わって神社内の直会《なおらい》の席で、治子さんが私のところに飛んで来た。はじめましての挨拶もそこそこに訴えかけるような目で治子さんは一気に語った。

「父を知らんとよ。母のお腹の中にいたからね。戦後生きるために店をやっていてね、よく父の戦友が二五人くらい集まりよった。戦友からあんたの父親は『玉砕』の日に切り込み隊として勇敢に死んだと何度も聞かされてきたけど、なんで父が死んで、この人たちはこうして生きているんだろうと思ったとよ……ずっとね、釈然としなかったとよ。でも誰にも言えんかった」

治子さんの目にはうっすらと涙が浮かんでいた。私は黙って頷くことしかできなかった。

「わたしはわかると。しゃべっていい人と悪い人はわかると。あなたを一目見た時、この人には話せると思ったとよ。全部しゃべってすっきりしたと」

この日、帰還兵としてただ一人参加された阿部久さん（第3大隊第8中隊。当時九七歳）に治子さんは抱きつきながら「阿部さん、長生きしてねー、父親のように思うとるばい」と満面の笑みで語った。

あまりに突然の出来事で、目の前の豪華な幕の内弁当をいただくタイミングを逸してしまったが、あの時の晴れ晴れとした治子さんの顔が今でも忘れられない。

古賀祥子さんの場合

古賀祥子さんの父親の神谷勝巳さんも、拉孟で戦死した。祥子さんも父親が出征している時に母親のお腹の中にいたのだ。

「私の父がなぜ戦死しなくてはならなかったのか……。何度も何度も思いました。父親がいつか帰って来た時に恥ずかしくない娘でいるのだよ、と母親に言われて育ちました」

祥子さんはこの戦没者慰霊祭で父親の「当番兵」に会い、生前の父親のことを知って泣き崩れたという。彼女は雲南戦場の父親から届いた軍事郵便をたくさん保管していた。

はじめての女の子の誕生を喜んでくれていた父親からの葉書が、祥子さんの心の支えだった。端正な顔立ちの神谷勝巳さんによく似た祥子さんは、年に二回の戦没者慰霊祭には欠かさず出席されていたが、数年前に兄の神谷敬之介さんから祥子さんの訃報が届いた。コロナ禍で慰霊祭ができなかった二年間が悔やまれてならないが、祥子さんは会いたかった父親にようやく会えて、親子の睦まじい時を過ごされていることだろう。

立川秀子さんの場合

立川秀子さんの父親の天野賢吾さんは、一九四四年七月二五日に龍兵団の師団司令部があった芒《ぼう》市《し》で戦死した。秀子さんも父親をほとんど覚えていない。秀子さんは福岡の慰霊祭だけでなく、毎年一一月二二日に靖国神社で行われる龍兵団の永代神楽祭（龍兵団東京地区戦友会主催）にも遠く福岡から参列される。第3章でも書いているが、東京地区の戦友会のお世話係を仰せつかった私は、参列された遺族同士を繋げる「接着剤（ボンドガール）」の役割を果たしてきた。秀子さんから「遠藤さんがいるから靖国神社の永代神楽祭にも安心して参加できます」と言われるとお世辞に弱いお世話係としては、今後はさらに九州地区と東京地区の遺族を繋げる「ボンドガール」としてお役に立てるように頑張ろうとハッスルしてしまう。

　戦友が健在だった一九九〇年代に、秀子さんは拉孟をはじめ雲南戦場跡を巡る慰霊の旅に同行した。秀子さんは「現地に行ってみればみるほど悲しみが込み上げてきました。食べ物がないあのようなところで父が命を落として、不憫で堪りません」と語る。いつも控え目な秀子さんだが、父親を悼む気持ちは誰にも負けていない凛とした女性である。

井生《いお》弘文さんの場合

「なぜ自分だけが生き残ったのか？　なぜ戦友が死んだのか？」その答えは永遠に得られない。たまたま拉孟に赴いて戦闘に巻き込まれて命を落とした兵士もいた。あるいは危機一髪、タッチの差で拉孟を離れて生還できた兵士もいた。井生さんは後者だった。

　第56師団歩兵第56連隊の輜重兵《しちょうへい》[2]の井生弘文さん（二〇二〇年二月九日死去、享年九九歳）は自動車部隊の運転手だった。各陣地に塩や乾パンや武器弾薬などの軍事物資や兵隊を運搬した。時に「慰安婦」の女性たちを運んだこともあった。山上の拉孟陣地への物資の輸送は、常に死が隣合わせの危険な任務だ。昼間は敵機からの空爆や砲撃に晒されるので運行できない。夜間運行のみだが、ライトを付けた途端に敵機に見つかってしまう。拉孟陣地へ向かう山道は狭く激しく蛇行していた。転落したら命はない。漆黒の闇の中、背中に白布を貼った兵隊に前方を歩いてもらい、それを目印に細心の注意を払ってトラックを運転した。井生さんたちが拉孟陣地に着いたのが、中国軍に包囲されるわずか一時間前。当時、井生さんは何も知らなかった。一九四四年六月二日に中国軍の攻撃が開始され、一週間もしないうちに拉孟陣地への補給路が途絶えた。兵糧攻めの一〇〇日全滅戦闘の幕開けである。拉孟へ着くのが一時間遅れていたら、拉孟守備隊の戦没者名簿に井生弘文という名前が刻まれたであろう。元兵士らは、軍隊は生きるも死ぬも運次第だと語る。だから戦没者は自分自身なのだ。

戦死した「貴方」の無念を伝えます

二〇一五年四月、拉孟守備隊の遺族の徳永英彦さん（福岡県在住）から出版社経由で封書が届いた。徳永さんの手紙には、一九四四年一〇月二三日に第56師団の第4野戦病院で戦病死した一色武雄さん（一九一〇―一九四四年）にまつわる事ならどんな些細な事でも知りたいとの思いが綴られていた。一色武雄さんは拉孟守備隊の補充兵であった（のちに通信中隊に編入）。武雄さんは、徳永さんの母・和衛さんの前夫だった。したがって手紙の主の徳永さんと武雄さんとは血の繋がりはない。いわば義理の関係である。徳永さんは「間接的な親族」と表現されている。

板前だった武雄さんと和衛さんの間には四人の娘がいた。一九四三年八月に武雄さんは召集され、三四歳の働き盛りで故郷に妻子を残して帰らぬ人となった。遺骨は戻ってきていない。四人の子どもを抱えた和衛さんは中国雲南省で夫が戦病死したことなど露知らず、夫の帰りをひたすら待っていた。

「昭和二三（一九四八）年の広報にてただ戦病死のみを伝えられた母の無念を思うと胸が苦しくなりました」と徳永さんは手紙に書いている。官報で夫の戦死を知った和衛さんは、その年の暮れに徳永さんの父・徳永廣助さんと再婚した。子どもたちと生き延びるための決断だったのだろう。廣助さんとの間に二児をもうけ、その次男が徳永さんだった。

1943年、出征前の一色武雄さんを囲む一家。右から2人目の女性が和衛さん

徳永さんは子どもの頃、和衛さんから武雄さんの名前を聞いて育った。一緒に墓前にもたびたび足を運んだ。「武雄さんはビルマで戦死した」と聞かされ、母はそれ以上多くは語らなかったが、「戦争があったけぇのぉ」と「靖国神社へ行きたい」と常々漏らしていた。だが再婚して生まれた息子には愚痴ひとつこぼすこともなかった。

一九五四年生まれの徳永さんには、戦争もビルマも靖国神社もなんとも実感がなく遠い存在だった。どうやって母を慰めてよいのかもわからなかった。和衛さんは昔の家族

一家で経営していた茶屋の前で。包丁とタコをもった左端の男性が武雄さん。その隣が三女（1940年生まれ）を抱いた和衛さん

写真を大事に取っていた。徳永さんは、生前の武雄さんと娘たちと写る幸せそうな母の笑顔がいまも目に焼き付いている。靖国神社に連れて行ってやることもできぬままに和衛さんは亡くなった。徳永さんは、「母はせめて武雄さんがビルマのどこでどのようにして亡くなったのか知りたかったのだと思う」と語った。

二〇一五年、還暦を過ぎた徳永さんは、亡母に代わって武雄さんの最期を詳しく知るために福岡県庁に武雄さんの「軍歴（兵籍簿）」を申請した。軍歴は血縁関係がない者は申請できないので、武雄さんの孫（徳永さんの甥）に依頼し、入手した。軍歴の記載は以下の通り。

昭和一九年一〇月二三日、中国雲南省の第56師団の第4野戦病院にて迫撃砲弾破片創傷兼マラリアで戦病死

たったこれだけである。当時、第4野戦病院はどこにあったのか？　徳永さんは一九四四年一〇月頃の第4野戦病院の場所を熱心に探していた。帰還者に尋ねてみても明解な回答は得

られなかった。遺族なら親族の亡くなった日時と場所と死に至るまでの様子を知りたいと思うもの。しかし遺族の中には漠然としたままにしておきたいと思う人もいる。身内の詳細な死を知ることとは、辛い現実を正面から受け入れることである。

「詳しいことは知りたくないので何も話さないでください」

こうした遺族の気持ちも尊重したい。

私は昨年、ついに第4野戦病院の場所を突き止めた。第56師団の軍医・石田新作さんの著書『悪魔の日本軍医』（山手書房、一九八二年）に「龍兵団第4野戦病院」の記述を見つけた。石田さんは第4野戦病院に配属された軍医だった。第4野戦病院はビルマ北東部のセンウイにあった。センウイはラシオの師団司令部から北二〇キロに位置し、比較的過ごしやすい場所のようだ。英国統治期のバンガロー風の洒落た官庁と校舎の建物群を接収して設置した。石田元軍医によると、第4野戦病院は雲南の野戦病院の中では最も医学的な設備が充実していた。

野戦病院は、前線から第1、第2、第3、第4と数える。第1野戦病院は弾雨が降りかかる最前線。少し下がって第2、さらに下がって第3、第4は最後方の野戦病院。この配置は、戦闘による傷病兵への対応に通じる。軽微な負傷は第1で簡単な手当てを受けて直ちに原隊に復帰。数日の入院加療が必要な場合は第2へ、さらに高度な治療は第3へ、重症でかなり長期の加療を必要とする場合は第4へ運ばれる。第4野戦病院で手に負えない患者は兵站病院に搬送

徳永英彦さんご家族、そして右端に著者
（2018年4月）

される。[3] 石田元軍医が配属された第4野戦病院では、中国のハルピンの731部隊（石井細菌部隊）を凌ぐほどの非道な「人体実験」を敵性スパイに行っていた。その現場を目撃した石田さんは、著書でそのことを告発している。[4]

戦争末期の野戦病院は得てして病院とは名ばかりで、ジャングルに蓆《むしろ》を一枚敷いて、そこに患者が横たわっているだけ。敗走時は医薬品も欠乏し、まともな治療もできずに兵隊の死を待つ場所と化した。このような野戦病院に比べたら、結果として一色武雄さんは戦病死されてしまったが、病院として機能していた第4野戦病院に搬送されたことはせめてもの救いである。

二〇一五年八月二一日付の朝日新聞の「声」欄に、「戦死した『貴方』の無念を伝えます」と題した徳永さんの投書が掲載された。「貴方」とはもちろん一色武雄さん。その文面の後半部分を抜粋しよう。

……おそらく「貴方」は玉砕前の段階で砲弾を受け、マラリアに侵され、後方の野戦病院に送られたのでしょう。最後まで母と娘たちを思っていたのではないでしょうか。無念だったと思います。
なぜ兵士は補給もままならない中国で戦わなければならなかったのでしょうか。私は必ず貴方の孫たち、ひ孫たちに戦争の悲惨さを伝えます。そして二度と戦争はしてはいけないと言い聞かせます。

戦争がなければささやかな家族の幸せは奪われることはなかった。戦後に生まれた徳永さんが、実母と、雲南に骨を埋めた「義父」の無念を心に刻み、孫やひ孫たちに戦争の悲惨さと不戦を訴える役目を担った。義父の武雄さんも、実父の廣助さんも、そして何より母の和衛さんが一番喜んでいるにちがいない。

＊

春秋二度の戦没者慰霊祭で顔を合わせる歩兵第113連隊の遺族や縁者の数が、年々少なくなっている。同連隊第3大隊の藤井大典さんがこの慰霊祭の世話人を行っていたが（二〇一四年死去、享年九八歳）、その跡を継いだのが藤井さんの二人の息子さん（正典さんと順三さん）である。私の知っている大方の慰霊祭は継承者が見つからずにほとんどが幕を閉じる中、藤井ご兄弟の尽力のおかげで、私も二〇一六年から春秋の戦没者慰霊祭に参加することができた。福岡県護国神社の宮司によれば、三〇年前は多くの部隊が福岡県護国神社で慰霊祭を行っていた。二〇〇名近い戦友が集まったこともあった。現在、この神社で戦没者慰霊祭をやっているのは第１１３連隊のみとなった。もはや受け継ぐ人がいないのが現状である。

拉孟守備隊の遺族の有志らは、毎月七日の月命日に、福岡陸軍墓地（福岡市中央区）の「ビルマ・タイ拉孟雲南地区戦没者之碑」にお参りをしている。このような人たちを私は他に知らない。治子さんはその中心的人物で、何十年も欠かさずお掃除とお参りをし続けている。誰にでもできることではない。

この慰霊碑の碑文は以下の通り。

拉孟雲南地区戦没者のための慰霊碑（2022年4月著者撮影）

「中国雲南の激流怒江の上に聳《そび》ゆる拉孟並びに雲南地区に眠る三千四百余の戦没者の御霊安かれと祈る」（昭和五九年九月建立　建立賛同者一同）

コロナ禍で二〇二〇年から二〇二二年春まで、福岡県護国神社で戦没者慰霊祭ができなかった。遺族の高齢化も危惧される。このブランクはあまりに大きい。

きな臭い世の中だが、この先、新たな戦没

者慰霊祭が行われないことを切に願って止まない。未来永劫、日本国は戦争による死者を二度と出してはいけない。戦争による遺児や寡婦を二度と生んではいけない。不戦の誓いに遺族間の「温度差」はない。これは戦没者慰霊祭の参列者の共通の思いである。

1 拉孟の作戦は「断作戦」と呼ばれ、インパール作戦の失敗後、ビルマ防衛作戦の「最後の砦」とされ全滅覚悟で拉孟の要衝を死守しようとした。拉孟戦の詳細は、拙著『「戦争体験」を受け継ぐということ――ビルマルートの拉孟全滅戦の生存者を尋ね歩いて』（高文研、二〇一四年）を参照されたい。

2 輜重兵とは、旧日本陸軍の兵科の一つで、戦時に軍需品の輸送、補給を任務とした。駄馬、車両、自動車などの使用によって迅速確実に任務を遂行し、戦闘力を維持強化することが目的。歩兵第一主義の思想が強い旧陸軍では兵站を軽視し、輜重兵も最下位の兵科とみなされていた。

3 石田新作『悪魔の日本軍医』山手書房、一九八二年、八一―八二頁。

4 石田、前掲書「第四章 悪魔の生体実験」一七三―一九六頁を参照。敵性スパイに対する生体実験の描写は筆舌に尽くし難い。

第10章　やすくにの夏

御明《みあかし》大作戦

今年（二〇二二年）も靖国神社の「みたままつり」[1]の季節がやってきた。七月から八月にかけて靖国神社はもっとも多くの人が訪れる時期を迎える。みたままつりとは御明（神に奉る灯火）を掲げて戦没者の御霊《みたま》を慰める靖国神社の夏まつりのこと。お盆の時期の七月一三日から一六日に、三万余の御明が靖国神社の境内を所せましと埋め尽くす。

御明には大小さまざまな種類と献灯方法がある。戦場を体験したおじいさんたちは、「戦友の霊よ　安らかに」という強い思いがある。自らの命が尽きた後も戦友の霊を慰めたいとの一心で、「永代献灯」を選ぶのだ。永代献灯にすれば、毎年必ずみたままつりの時期に永代にわたり、自分の名前や所属師団名や部隊名や戦友会名などが記された御明が掲げられる。それだけに永代献灯はかなり高額だ。一灯につき小型献灯で七万円、大型は二〇万円と値が張るので、個人名よりも、企業名や戦友会名や「陸軍士官学校〇〇期」などの所属団体名の奉納が目立つ。戦場で「死に損なった」と語る帰還兵たちは、「戦没兵士は自分の身代わりだ」と何度も語る。帰還兵にとって戦没兵士の供養が生涯をかけて最も重要な関心事なのである。供養の仕方は人それぞれだと思うが、「靖国で会おう」という戦時中のメンタリティを共有する帰還兵には一灯二〇万円の永代献灯の金額はさして問題ではない。「金をもって死ねないからね……」がおじいさんたちの口癖である。

とはいえ、こんな高額な初穂料（価格）はちょっと無理という方には、永代ではなく毎年その都度納めるリーズナブルな価格の御明もある。なんだか靖国神社の広報担当みたいだが、一灯につき小型献灯で三〇〇〇円、大型献灯で一万二〇〇〇円（いずれも本稿執筆時）の初穂料を納めれば誰でも御明を献灯でき、永代献灯と同様に所属団体名や企業名や個人名を記すことができる。

毎年みたままつりの時期になると、私が長年戦友会の「お世話係」として関わってきた元兵士や遺族の方の名前、あるいは戦友会名や連隊名が記された御明を探して、その位置と個数を確認する。御明に見覚えのある名前を見つけると、「あぁ、今年もお元気でよかった」と安堵する。コロナ禍ではなおさらだが、献灯された御明の存在は、戦友会や慰霊祭に出て来られなくなった方々の生存確認の一つの方法にもなっている。また、すでに鬼籍に入った方々の御明を仰いでは、在りし日の姿に思いを馳せる。第3章にも登場した龍兵団の戦友会（東京支部）の会長であった関昇二さんの御明を仰ぎながら、かつて関さんの手を引いて靖国神社の境内をゆっくりと歩いたことを思い出した。本殿から靖国通りに出るまでに三〇分はゆうにかかった。高齢者には靖国神社の境内は広すぎる。

このような在りし頃の戦友会の思い出にノスタルジックに浸るだけでなく、誰が、どんな団体が何灯の御明を献灯しているのか、毎年の「御明ウォッチング」を楽しみに靖国神社に出かけるのだ。我ながらつくづくマニアックな行為だと思う。靖国神社のみたままつりだけに、「靖国史観」との密着度が濃厚なのはあたりまえ。御明を眺めてみると、自覚的であれ無自覚的であれ、「靖国史観」がこれほどわかりやすく表明されている場は他にない。一目瞭然なのだ。大型の永代献灯には旧日本軍関係者や関係団体以外に、安倍晋三元首相など保守系右派の政治家の個人名がずらっと並んでいる。

価格を提示するのはあまりよろしくないかもしれないが、御明のイメージがつかみやすいのであえて書く。「永代献灯（大型）」の一灯（二〇万円）に個人名や団体名を記すのもよし。もう少し目立たせるなら一灯に一文字ずつ団体名を記すのもよし。例えば、団体名では「英霊」の慰霊と顕彰がミッションの「英霊にこたえる会」[2]は、会のマークが名前の前後に入って一〇文字で二〇〇万円也。靖国神社の熱烈なファンクラブの「靖国神社崇敬奉賛会」[3]は、九文字で一八〇万円也。「みんなで靖国神社に参拝する国会議員の会」[4]は名前が長いだけに値段も張って三八〇万円也。今年の注目すべきニューフェースは参政党だ。七月の参議院選挙で一議席を勝ち取った参政党の各支部の永代献灯（大型）が初参戦した。歴史研究者として見逃せないのは、歴史修正主義の旗振りである「新しい歴史教科書をつくる会」だが、一三文字の御明を掲げて二六〇万円也。「日本人としての誇りを取り戻すため」の「正しい歴史教育」に対する並々ならぬ決意のほどが御明にも表れている。

一〇〇灯の御明

さて、永代献灯（大型）を個人奉納した帰還兵のなかでもその個数で他の追随を許さない強者がいる。第8章にも登場した、第2師団歩兵第16連隊（新潟県新発田《しばた》編成）の角屋《すみや》久平《きゅうべい》さんだ。二〇一四年のみたままつりで、角屋さんは三三灯もの永代献灯（大型）を奉納した。驚くなかれ、総計六六〇万円也。高級車が買える金額である。角屋さんが三三という数字にこだわるのには相応の理由がある。[5]三三は角屋さんの出兵時の認識票に記された認識番号であった。そして、出兵時の歩兵第16連隊（新潟県新発田編成）の同年兵の数も三三名。つまり、角屋さんは同年兵三三名のうちの三三番目の出征兵だった。一九四二年一一月一七日、宇品港（広島県）から三三名は出発し、フィリピン、マレーシア、ビルマ、中国雲南の激戦地で戦って、一九四七年五月に宇品港に復員した。復員兵のうち日本の土を踏めたのはわずか六名で、戦場からの生還率はわずか二割にも満たなかった。そのうち二〇一四年七月の時点で存命していたのは角屋さんただ一人（当時九二歳）。

角屋久平さんの100灯の御明（2021年7月15日著者撮影）

戦後七〇年の節目の二〇一五年のみたままつりに、角屋さんはさらなる大胆な行動に出た。家族に内緒で永代献灯を一気に六七灯も増やしたのである。なんとキリよく一〇〇灯（総計二〇〇〇万円）！には畏れ入った。高級車どころかマンションが買えそうな値段である。さすがの家族も開いた口が塞がらなかったという。

その角屋さんも二〇一八年二月に亡くなった（享年九六歳）。徴兵検査は甲種合格の現役兵。勇会

（第2師団の戦友会）でも一番の元気者だった。娘の恵美子さんは、「兵役の年金（恩給）でコツコツ永代供養の提灯を増やして喜んでいました。一〇〇個の提灯は、父の慰霊の気持ちに違いないのですが、『生き残って申し訳ない』という兵隊特有の感覚だったと思います」と語る。我が子や孫たちのためにではなく、御明に財産を使い果たしたいと願う帰還兵は、決して角屋さんだけではない（これほどの方はそういないが）。「戦没者ファースト」は帰還兵のごくありふれたメンタリティの一つなのだ。

角屋さんは戦友会では両手を高く揚げ、同年兵の生き残りの6という数字を指で示しながら、「わしは戦地で死んだ同年兵のことを片時も忘れたことがないんだ！」と大きな声で熱く語った。戦友会では毎度お馴染みのフレーズなのだが、角屋さんにとって何度でも死ぬまで語り続けたいエピソードだった。角屋さんは生きて祖国の地を踏めなかった二七名の同年兵の代弁者であり、最後の一人になっても戦友の無念を叫び続けていた。今夏も角屋さんの一〇〇の献灯が明々と九段の夜空を照らす。来年も再来年も永代に……。

靖国参拝に訪れる「ふつうの人たち」

靖国神社のみたままつりと同じように、八月一五日の靖国神社参拝も盛夏の風物詩の一つ。

猛暑の中、家族連れや若者たちが参拝の長蛇の列に並んでいる光景は珍しくない。年に一度の「終戦記念日」に、戦争で尊い命を捧げた戦没者（「英霊」）に手を合わせるためにやって来る。かつてはその列に戦友会で顔馴染みの「おじいさん」を容易く見つけることができたのだが、いまとなっては彼らの姿はもうない。当時、たとえ見かけても気軽に声をかけられなかった。遠目でも近寄りがたい気迫に圧倒された。

二〇一八年に、タレントのつるの剛士の『バカだけど日本のこと考えてみました』（ベスト新書）というタイトルの本が評判になった。最近ではつるの剛士は「イクメン・タレント」として主婦層にも人気がある。つるのは「自分はバカだけど……」と自嘲することで敷居をぐっと低くして、自分は何ら政治的な意図はなく、祖先の墓参りの感覚で毎年靖国参拝をしているだけで、戦没者に手を合わせることで、「右」のレッテルを貼られるのはおかしいと疑問を呈している。そして、なぜ立場のある政治家は、先人の墓参りをするのに「そんなに他国の顔色を窺わなければいけないのでしょうか」[6]と述べている。

「ふつうのおじさん（お父さん）」という体《てい》のつるの剛士のこのような発言や文言は一見政治色を薄めているように見える。でもそうでもないようだ。これまで首相や政府高官らが靖国参拝をしつづけてきたが、その理由はつるの剛士のそれと大差がない。その意味では、彼は靖国神社擁護論者、すなわち「靖国史観」を支持する立派な論客の一人なのである。同時に、この捉え方は決して保守系右派にとどまらず、「国のために戦った方たちのおかげでいまの日本があるのだから、八月一五日にお参りするのは日本人としてあたりまえ。そもそも『参拝』という心の問題に中国や韓国がとやかく言うのはおかしい……」と語る「ふつうの人たち」を代弁してもいる。

政治家の面々はともかく、八月一五日前後に靖国神社を訪れる「ふつうの人たち」にとって、靖国参拝は素朴な愛国心の発露にすぎない。そして国のために命を落とした「英霊」に手を合わせるという良さげな行為に浸ることができる「素敵なセレモニー」でもあるのだろう。

中国や韓国は、帰還兵や遺族が慰霊祭に参加したり、日本の一般人やタレントが靖国神社を参拝したりしたからといって逐一文句を言ってきたりはしない。ただし、国を代表する首相や政府高官らの公式参拝となるとそうはいかない。

みんなで参拝すれば怖くない

戦時中、日本軍国主義と侵略戦争を遂行するための精神的な支柱とされた靖国神社に、一九七八年秋、Ａ級戦犯一四名が合祀された。侵略戦争の首謀者であったＡ級戦犯が祀られている場所に、日本国の代表の首相や政府高官らが参拝することで、国際社会、とくに甚大な被害を受けた中国や他のアジア諸国などから批判が出るのは当然である。しかしながら「靖国史観」に傾倒している政治家は、先の戦争においても日本の正当性に重きを置いているだけに、靖国神社に祀られている「英霊」を政治家という立場で参拝するのに何ら違和感を持つことなく、むしろ批判的あるいは反省的にとらえる人々を「自虐的で日本人としての誇りに欠ける」として蔑むのである。最も問題なのは、国を代表する首相や政府高官らの多くが日本が行った侵略戦争の実態を詳しく知らないことだろう。「南京虐殺はなかった」、「慰安婦の強制連行はなかった」、「自存自衛およびアジア解放戦争だ」というような歴史観を抱いて靖国参拝をする政治家たちを、筆舌に尽くしがたい被害を被った中国や韓国が批判するのは当然である。敗戦国の日本が国際社会に復帰する条件の一つは、二度と軍国主義化することなく過去の戦争に対する深い反省を持ち続けることであった。それが小泉、安倍政権下において次第に薄れてきたことは周知の通りである。同じ献灯でも戦場体験者や遺族の提灯と、国を代表する政府高官らやその価値観に追随する各保守系右派団体の提灯とでは、その思いの深さや意味にギャップがあるように思う。

二〇二一年末に超党派議連の国会議員九九人が一斉参拝した。韓国政府は植民地収奪侵略戦争を美化する象徴的な施設である靖国神社に参拝したことに、深い憂慮と遺憾の意を表明した。そのうえで、歴史を正しく直視し、過去の歴史に対する謙虚な省察と真の反省を行動で示すとき、国際社会が日本を信頼できるという点を、いま一度厳しく指摘した。中国外務省も同様のことを述べており、「自らの侵略の歴史を反省しないという日本側の間違った態度を反映しており、断固として反対する」と強く反発した。そのうえで、「侵略の歴史を正視して深く反省し、実際の行動でアジアの近隣諸国と国際社会の信頼を得るべきだ」と述べた。

岸田政権下でも二〇二二年四月の春の例大祭に超党派議連一〇三人がそろって靖国神社を参拝した。「みんなで靖国神社に参拝する国会議員の会」として自民党、立憲民主党、日本維新の会などの超党派の衆参両院の国会議員がみんなで仲良く足を運んだのだ。会長の自民党の尾辻元参議院副議長は、ウクライナ情勢を鑑み、「世界の平和が危機にひんしているので、改めて平和を祈った」と語った。歴史的にも戦争と侵略の精神的支柱となり、国のために命を落とした戦没兵士のみを「英霊」として祀る靖国神社に、「世界平和を祈る」とは……なんともアイロニカルな発言である。

何を隠そう戦友会の「お世話係」であり続けている私は、もう数えきれないほど靖国神社の本殿まで上がって「参拝」しているのだから、こんなことを書いていること自体、まさにアイロニカルそのものなのだが、少なくともお偉い政治家の先生よりは侵略戦争の内実を知っているつもりだ。もし歴史認識や研究者の立ち位置から靖国神社や戦友会を忌避したとしたら、ありきたりのことをありきたりに語るだけの詰まらない戦争研究者になっていたかもしれない。今がそうではないと言えるほど厚顔ではないが……。

何はともあれ、日本を代表する首相・元首相や政府高官をはじめ「みんなで靖国神社に参拝する国会議員の会」の皆さんのおかげで、「ふつうの人たち」は靖国神社を参拝する「正当性」

を得ている。安倍元首相や閣僚と旧統一教会の関係が頭をよぎる。政治家が「広告塔」になることで、宗教に「お墨付き」を与え、場合によっては入信者を増やすことになる。そんな構図が目に浮かんだ。

美化された「英霊」

先日、知覧（鹿児島県南九州市）の特攻基地で、多くの特攻兵の面倒をみたことで「特攻兵の母」として慕われた鳥濱トメさんを主人公にした舞台を観劇した。[7]「若者の未来を奪うような戦争はいけない」というメッセージがあちこちにちりばめられた良質の演劇ではあったが、最終的に特攻死した若者を「英霊」として靖国神社に祀ることで英雄視し、美化するような演出には違和感を覚えた。成算のない特攻作戦を次々に敢行する理由について師団参謀長が、「祖国を守るために命を惜しまずに特攻する日本男児の気概を見せつけて米軍に怖れを植え付けるのだ」という主旨の発言をする場面があるが、上層部の極めて無責任な暴論と感じた。同僚が、後輩が、先輩が次々に飛び立つ中で、自分ももう後には引けない窮地に追い込まれ、生き残る望みのない特攻作戦に駆り出されていく。「日本男子の本懐」というセリフがあったが、自分が何のために死ぬのか、死なねばならないのか、出撃直前まで問い続ける苦しみは私たちの想像を絶する。劇中で特攻兵は最期に「愛する人（親兄弟や故郷）を守るために死ぬ」と語るのだが、愛する人のために生きてほしかったと、少なくとも母親たちはそう思ったにちがいない。彼らが命をかけて守った祖国はいま彼らに顔向けができるような国になっているのか……。靖国神社で手を合わせるよりも無念の戦没兵士のためにやらねばならないことがあるはずだ。

元特攻兵からの手紙

航空特攻の出撃支援をした元航空整備兵の小野豊さん（少年飛行兵第9期）は、整備兵として傍らで彼らの運命を見届けた。現実は私たちが思い描くような綺麗ごとでは済まされないと小野さんは語る。

「出撃前に足がすくんで操縦席に上がれない航空兵を無理やり操縦席に押し込んだ。中には失禁する者もいた」と証言している。小野さんは「そんな彼らがその後何事もなかったかのように飛び立って行く。その姿が今でも忘れられない」と語る。

小野さんは、特攻兵の心情が手に取るように分かる立場にあった。そのような小野さんの元に、二〇〇一年八月三一日付で、戦友の元特攻兵から一通の手紙が届いた。送り主は陸軍第111振武隊隼若桜隊員の島田昌征さん（少年飛行兵第15期）。手紙の冒頭に、二〇〇一年八月の長野放送の終戦記念番組のことが書かれていた。この番組は、特攻で出撃して生き残った島田さんと海軍の二名の元特攻兵を特集した番組であった。二名は海軍の特攻兵器、人間魚雷「回天」[8]と人間機雷「伏龍」[9]の乗組員で、訓練中に敗戦を迎えている。

さらに手紙は続く。島田さんは遺書を書いた翌日、沖縄特攻に向けて知覧を出撃するが、不本意にも徳之島に不時着する。島田さんは、不時着後の様子を次のように記している。

…福岡の当時第6航空軍の本部に出頭して申告したところ意外にも「貴様、死ぬのが怖くなって帰ってきたのだろう」と怒られた当時の心境をありのままに（番組で）喋って参りました。人生も残り少なくなりましたので、真実を言っておこうと思ったからです。

島田さんは上官が放った「貴様、死ぬのが怖くなって帰ってきたのだろう」という言葉を生涯忘れることができなかった。こうした気持ちを長らく島田さんは人前で口に出せなかったのだが、長野放送の取材で思い切って話したのだ。そして人前で話せない苦しみを一番わかってくれる小野さんに手紙を書いて伝えた。当時の特攻兵で生きて帰ろうと思った若者はいなかった。島田さんも然りだ。それだけに生還した（してしまった）元特攻兵の心の傷（トラウマ）は生涯癒えることはなかった。

私が観た先日の舞台でも、視界不良、機体の故障などのやむを得ない理由で知覧基地に引き返してきた特攻兵に対してひどい暴言が浴びせられるシーンがあった。

特攻と桜――裏の真実

二〇一九年五月一四日の朝日新聞に「特攻と桜 裏の真実」という題名の投稿があった。投稿者は鳥濱トメさんのお孫さんの鳥濱明久さん。基地内で女学生が桜の小枝を振って隊員を見送る有名な写真があるが、明久さんは撮られた背景について書いている。あれは戦意高揚のために一度きり撮影されたもので、明久さんの叔母さんも軍命令で集められ、特攻をイメージする散りゆく桜の小枝を振った。トメさんは明久さんに「彼らは決して笑って出撃したのではない。本当は故郷で親兄弟や愛する人と一緒に暮らしていたかったのだ」とよく話していた。投稿の中で明久さんは、「戦争を二度としてはならない。でもそれは歴史の表面だけでなく裏に隠された真実も知ってこそだ」と結んでいる。

小野さんは「元特攻兵の島田昌征さんの苦悩と鳥濱トメさんという市井の女性の存在を忘れないでほしい」と語った。鳥濱トメさんと一緒に知覧特攻平和観音堂前で撮った写真が同封されていた。トメさんは特攻隊員の慰霊のため、戦後知覧の観音堂建立のために奔走し一九五五年九月に悲願が叶った。その三年後に島田さんはトメさんと共に知覧の特攻平和観音を参拝した。

私は小野さんが亡くなる少し前に、島田さんの手紙と写真を手渡された。特攻兵を安易に「美化」してはいけない。特攻の当事者たちの本当の言葉に耳を傾け、「英霊」として美化することで覆い隠されてしまう歴史の真実に目を向けるべきである。小野さんは私にそう言いたかったのだと思う。

戦争はいけないのだと観念で捉えるのではなく、事実を一つ一つ積み上げていく過程で見えてくる戦争の実態を知ること。それが「二度と戦争はしない」と不戦を誓う思いに繋がり、戦没兵士を悼むことに繋がる。

鳥濱トメさんと島田昌征さん（知覧特攻平和観音堂にて1958年5月22日撮影、小野豊さん提供）

戦没者を悼む場所

様々な政治的な思惑で靖国参拝をする政治家の面々と、前述の一〇〇灯の御明を献灯した角屋さんとは靖国参拝への熱量が相当に違う。もちろん帰還兵の戦場体験も十人十色で、靖国参拝に対する考え方もさまざまだ。毎年戦友会主催の靖国神社の戦没者慰霊祭に万難排して参列する帰還兵や遺族もいる。遺族の高齢化とコロナ禍の影響もあって靖国神社に参拝することがますます難しくなっているのが現状である。八〇歳になるご婦人は「ビルマで戦死した父のために靖国に参るのは私の代でおしまいです、もう娘や孫は来ないでしょう……」とポツリと語る。ビルマ戦の撤退時に、第56師団の元軍曹は、衰弱して立てなくなった同郷の同年兵が、「『俺は死んでも一度も行ったこともない靖国神社なんかに行かんぞ。故郷に帰るんだ。おまえも靖国なんかに行くな』と言って絶命した」と語る。元軍曹は自身が亡くなるまで、故郷で、月に一度の同年兵の墓参りを欠かすことはなかった。また、中国戦線からの帰還兵は、戦後、深く加害を反省し、反戦平和と日中友好を訴える活動を行ってきた。このような方でも「靖国神社は日本軍国主義の発展において非常に重要な役割を果たしたと承知していても、それを知らずに純粋な気持ちでお参りに来ている他の戦友や遺族の方々に対して、それは違うとは言えないのです」と語る[10]。

　純粋な気持ちで亡くなった身内や戦友のみたまを慰めるために参拝するその気持ちは私にもよくわかる。不肖「お世話係」は、靖国神社に参拝するために東北や九州から遥々上京する高齢の遺族のお供をした経験が何度もあるからだ。「亡父のために参るのはもうこれが最後だと思うのです……」と語る遺族の女性に対して「靖国神社に行くな」なんてどうして言えようか……。私自身、「靖国神社の本質」を知れば知るほど、靖国神社が戦没者慰霊には適していないと認識するようになった。だが、戦友会の「お世話係」として慰霊祭を取り仕切る立場であるため、自己矛盾に長年苦しんできた。この葛藤に今も苦しんでいる。

日本遺族会の人たちが親族の戦没者に敬意を表して慰霊をすること自体を何ら批判するものではない。戦没者慰霊は人としてあたりまえの行為である。

既に述べたように祀る人物を選別する靖国神社は中立や自由といった現代の民主主義国家とは程遠い国家主義的な思想（イデオロギー）をもった特殊な神社である。このような神社に日本の首相や政府高官らが公式参拝することは重大な意味をもつ。日本の国家は靖国問題を解決して、アジア・太平洋戦争で被害を被った国々に真に信頼される国家に生まれ変わる必要がある。

近年精力的に靖国の歴史問題に取り組んでいる弁護士の内田雅敏は、戦没者の追悼を一宗教法人に過ぎない靖国神社に委ねるのではなく、国が主導して誰でも参加できる無宗教の国立追悼施設を設け、不断に死者たちの声に耳を傾けるべきだと主唱している。[11] そこは皇軍兵士の戦没者だけでなく、民間人や外国人も選別されることなく、全ての戦没者が祀られる場であるべきだ。

二〇〇一年、小泉元首相の靖国神社参拝が外交問題になったことを受け、同年一二月、小泉政権の福田康夫官房長官の私的諮問機関として「追悼・平和祈念のための記念碑等施設の在り方を考える懇談会」が立ち上げられた。同懇談会は一年ほど議論を重ね、二〇〇二年一二月に、「先の大戦による悲惨な体験を経て今日に至った日本として、積極的に平和を求めるために行わなければならないことは、まずもって、過去の歴史から学んだ教訓を礎として、これらすべての死没者を追悼し、戦争の惨禍に深く思いを致し、不戦の誓いを新たにした上で平和を祈念することである。／これゆえ、追悼と平和祈念を両者不可分一体のものと考え、そのための象徴的施設を国家として正式につくる意味がある」として国立追悼施設の必要性を訴える報告書を作成した。この報告書の趣旨は、「アジアで２０００万人以上、日本で３１０万人の死者を生み出した先の戦争」を反省し、「政府の行為によって再び戦争の惨禍が起こることのないようにすることを決意し」という前文を有する憲法を制定し、戦後の出発をしたという歴史的事実を踏まえた上で、顕彰でなく、追悼することによって、非業、無念の死を強いられた死者たちの声に耳を傾けようとするものである。この点に内田は共感を示している。[12]

福田康夫元首相（在任二〇〇七年から二〇〇八年）は、二〇一五年二月二一日の毎日新聞のインタビューで、「国立追悼施設が必要とした懇談会の提言は、今も生きている。国民が『（首相の靖国参拝の）何が悪い』みたいな意見ばかりになればまずい」と答え、国民的な議論の必要性を訴えた。同時に、当時予定されていた安倍首相の戦後七〇年談話についても、「過去の反省、戦後の歩みの評価、未来への展望の3点を入れないと意味が無い。過去の反省なくして戦後の評価もしにくいし、重みがなくなる。過去の首相談話をしょっちゅう変えるようでは国家として信用されない」と語り、村山首相談話など、歴代首相の談話を踏襲すべきだと述べた。

戦争で亡くなった方々を遍く追悼する場、それは靖国神社ではない。

「みんなで靖国神社に参拝する国会議員の会」の政治家の皆さんには、ぜひ、「みんなで国立追悼施設をつくる国会議員の会」に鞍替えして頂きたい。国立追悼施設ができたあかつきには、靖国神社のみたままつりで、御明はお好きなだけ献灯していただいてかまいませんので……。

1 靖国神社によると、みたままつりとは「国のために尊い命を捧げられた英霊をお慰めする行事として昭和二二年よりはじまり、例年、各界名士揮毫《きごう》の懸《か》けぼんぼりのほか、靖国講、ご遺族、戦友、崇敬者の方々から献納いただいた3万灯もの『みあかし』が社頭に掲げられる」とある。

2 一九七六年創立。名誉会長は寺島泰三（日本郷友連盟会長、元統合幕僚会議議長）。「国のために尊い命を捧げられた英霊の慰霊・顕彰を行い、首相の靖国神社公式参拝を求める会」。すべての都道府県に地方本部を置く（英霊にこたえる会公式ＨＰより）。

3 「日本を愛してやまなかった英霊の弛まぬ努力と切なる想いを、いついつまでも伝えていきたいと平成一〇年一二月に設立」された（靖国神社崇敬奉賛会公式ＨＰより）。会長は中山恭子。

4 日本の超党派の議員連盟。春と秋の例大祭や終戦記念日の八月一五日に靖国神社へ参拝することを目的とする。二〇二一年一二月七日に、会長の尾辻元参議院副議長他、自民党、日本維新の会、国民民主党などの衆参両院の国会議員九九人がそろって参拝した。

5 認識票は旧陸軍の戦争に赴く兵士が必ず携帯する小判型で真鍮製のメダルのようなもの。所属部隊と各自の認識番号が刻印され、戦死しても認識票から本人が特定できる。

6 つるの剛士『バカだけど日本のこと考えてみました』ベスト新書、二〇一八年、四二頁。

7 「帰って来た蛍～令和への伝承～」（俳優座劇場 二〇二二年七月二三―三一日）

8 「回天」は先端に一・六トンの炸薬を装着した全長約一五メートルの魚雷で、操縦席の隊員ごと敵艦に体当たりする特攻兵器。

9 「伏龍」は米軍を水際で壊滅する目的の本土決戦用の特攻兵器で、粗悪な潜水服、性能の悪い呼吸装置を背負い、海底を徒歩で移動し待ち伏せし、竹竿の先の機雷で、敵船を突いて自爆する。実際に使用されることはなかったが訓練で多くの若い兵士が死亡した。

10 季刊『中帰連』第二四号（二〇〇三年三月）一六―一七頁。この号の特集は靖国神社と皇軍兵士。

11 内田雅敏『靖國神社と聖戦史観』藤田印刷エクセレントブックス、二〇二一年、二八六頁。

12 内田、前掲書、二九〇頁。

第11章　戦友会「女子会」——元兵士と娘たち

元特攻兵の娘

一〇〇歳となれば耳が遠いのもあたりまえ。側らにいる娘さんが「お父さん、〇〇だってぇ」と父親の耳元で私の言葉を伝えてくれる。聞き慣れた娘の声なら補聴器の調子が悪くても何とか聞き取れる。いま、超高齢者の元兵士の戦場体験を聴く際には、身内の「女性陣」、とりわけ娘さんの協力や支援に大いに助けられている。女性陣が日常のお世話や見守りをされている場合は、訪ねるタイミングは彼女たちの都合にお任せする。聞き取り場所が自宅でもそれ以外でも、ご本人も女性陣が同伴してくれた方が何かと都合がよいのだ。元兵士を訪ねて、娘さんや奥さんに笑顔で迎えられたら幸運この上なし。この時点でインタビューは半分以上うまくいったといってよい。

二〇一九年一一月九日、特攻隊員だったという兄弟の「最後の証言」を聴こうと、早稲田大学の大教室が約二五〇名の聴衆で溢れかえった。この講演会は戦場体験者と市民でつくる「不戦兵士・市民の会」[1]（現「不戦兵士を語り継ぐ会」）の主催で、私は司会を務めた。

一九四三年一二月一〇日、兄の岩井忠正さん（当時九九歳）は慶應義塾大学、弟の忠熊さん（当時九七歳）は京都帝国大学（現京都大学）からいわゆる「学徒出陣」で海兵団にそろって入団。忠正さんは人間魚雷「回天《かいてん》」と人間機雷「伏龍《ふくりゅう》」の隊員になり、忠熊さんは爆薬を積んだ木製のモーターボートで敵船に体当たりする「震洋」の艦隊員となった。

左から忠正さん、直子さん、忠熊さん（講演会を行った早稲田大学にて、2019年著者撮影）

忠正さんは右耳が聞こえづらく左耳が聞こえやすい。反対に忠熊さんは左耳が聞こえづらく右耳が聞こえやすい。そこで忠正さんの娘の直子さんが兄弟の間に入り、私の質問をそれぞれの聞こえる耳に向かって「通訳」する。忠正さんの話が脱線してあらぬ方に行きかけると直子さんが絶妙にコントロールする。本来は司会の仕事なのだが、直子さんとの「連携プレー」で大成功を収めた。当時九九歳の父親と九七歳の叔父がそろって登壇できる日を迎えるまでの数ヶ月、日頃の健康管理から事前の打ち合わせの準備まで、直子さんの心中が休まる時はなかったと思うのだが、常に明るい笑顔と父親譲りのポジティブマインドにこちらの方が支えられ、励まされた。

そんな直子さんから二〇二二年九月一日に、忠正さん逝去（享年一〇二歳）の訃報が届いた。忠正さんは都内の老人介護施設に入居されていたが、コロナ禍で娘との面会もほとんどできず、たまに電話で話すだけ。それこそ耳が遠い老人にはとりわけ酷なことだ。数年に及ぶコロナ禍で高齢者は外出を制限され、人との交流も遮断され、寝たきりや認知症の発症や進行が懸念されている。コロナ禍の二年半で忠正さんの生活も大きく変わった。

「一〇二歳の大往生。父は最期まで自分の思いを伝え生き切ったと思います」と直子さんは語る。本当にあっぱれな人生だと思う。

講演会の最後に忠正さんが若者に伝えたかったのは強い後悔の念だった。

「この戦争は間違っているとうすうすながら分かっていたにもかかわらず、沈黙して特攻隊員にまでなった。死ぬ覚悟をしているのに、なぜ死ぬ覚悟でこの戦争に反対しなかったのか。時代に迎合してしまった。私のまねをしちゃいけない」

戦後再び京都大学に戻って歴史学者になった忠熊さん（元立命館大学副学長）は、次のように語った。

「戦争を二度と繰り返さないためにどうしたらいいのか。特に青年、学生がどうするかによって未来が変わる。そのために歴史を学んでほしい」

直子さんのメールには、「叔父が最後に父に会ったのが早稲田の講演の時となりました。あの時背中を押して下さって思い切って開催して本当に二人にとって記念になりました。最後で最高の機会になり、感謝、感謝です」とあった。

都内で暮らす忠正さんと滋賀県の琵琶湖の畔に暮らす忠熊さんはお互いを気にかけながらもなかなか会うことができなかった。意外だが兄弟そろって戦争を語るのは戦後七五年近く経た早稲田大学の講演がはじめてだったとか。

忠正さんは「どうせ死ぬなら潔く一発で、との思いで特攻隊員に志願したので、自分もクマ(忠熊さんのこと）も絶対に生きて帰れないだろうと覚悟していたから、弟に再会しても『あぁ、死ななかったんだ』と思うくらいで大した感慨もなく、特攻隊員だからどうせとんでもない経験をしているに違いないからあえて聞く必要はなかったね」と語った。

海軍予備学生時代の岩井忠正さん（右）と弟の忠熊さん。1944年11月長崎の写真館にて（直子さん提供）

敗戦後の日本社会の変貌ぶりに復員兵は戸惑ったただろう。「熱病から覚めたような冷ややかな空気感だった」と語る元兵士もいた。出征時は村や町をあげて万歳三唱で送り出された兵士たち。盛大に行われた明治神宮外苑競技場での出陣学徒壮行会（一九四三年一〇月二一日）。あの時の高揚感や熱気は戦争に負けてあっさりと消え去った。それどころか「特攻崩れ」と揶揄され、「お前ら兵隊がだらしねえから日本が負けたんだ」と責め立てる人もいた。日本社会の変わり身の早さに順応できずに心身に支障を来す復員兵もいた。あるいは傷痍軍人となって帰ってきたことで家族から疎まれた元兵士もいた。戦争による「後遺症」は家族が抱え込むことで社会から見えにくくなった。多かれ少なかれ心身に戦争の「後遺症」を抱え、自分ではどうしようもない傷を負った彼ら。最も身近な家族はその姿を目の当たりにしながら決して安泰ではない戦後社会をともに生きざるを得なかった。ここに戦友会「女子会」が生まれる根っこがある。

戦友会に参加する娘たち

戦友会でも娘さんは頼りになる存在だ。八〇代の戦友（元兵士たち）は月に一度の戦友会の会合に一人でもスタスタとやって来たが、九〇歳を過ぎた頃から娘さんが送迎するケースが増え、やがて介助が必要になってくると娘さんが送迎だけでなく会合にも同席するようになった。

「これまで父から何度も戦争の話を聞かされましたが、『あぁまたか』という思いでちゃんと聞いたことがありませんでした」と語る娘さんが、父親の口からこぼれ出る戦場の凄惨な記憶を聞きながら目を潤ませた。

「『タコツボ』に初年兵に入るように促して私は外に出た。しばらくしたら敵の砲弾が『タコツボ』に命中して奴は木端微塵。死んだ兵隊は母と二人暮らしの素直な若者だった。母親が教師をして女手一つで育てた愛息。母親に息子の遺骨も遺髪も持ち帰ってやれないで、私の身代わりに死なせてしまって、母親にどんなに詫びても詫びきれないんだ……」

七〇数年経ってもありありと思い出される戦場の記憶を絞り出すように語る元兵士。

同席した娘さんは「父が生きて帰らなかったら私は生まれて来なかったと思うと、戦争によって奪われた人生と悲しみが数えきれないほどあったことをはじめて自分事として感じました」と語る。

ひょんなことから戦友会の「お世話係」を仰せつかった私は、娘さんの思いも掬い取り、分かち合う場を設けることもお役目の一つだと心得た。


さて、たまには戦友会に娘や妻が同席して不都合なこともある。元兵士は娘や妻の面前で中国人の首を刎ねたとか、慰安所で遊んだなどとわざわざ語ることはしないが、中には娘の面前でも躊躇なく慰安婦との性交渉を懐かしさいっぱいに語る人もいた。

「シンガポールで出会った二〇歳くらいの中国の女の人は綺麗な人で、生きていたらもう一度あの人に会ってみたい。もう婆さんだろうが私の初めての女だったから生涯忘れられないんだ。明日は死ぬかもしれないからと慰安所に行ったら『兵隊さん、必ず生きて帰ってきて下さい』と言ってくれて嬉しかったなぁ」

正直、完全な「男目線」で、罪の意識の欠片もない「美しい回想」に娘さんとドン引きしたけれど、出撃を控えた二二歳の飛行兵の正直な気持ちに偽りはないのだろう。

戦友会でも慰安所の話がたまに飛び出すと、一人の元将校の紳士が「そんな話はいまここでしなくてもいい」と遮ってブレーキをかける。

「戦友会で話さなくてどこで話すんかい！」と「お世話係」としては分をわきまえずに突っ込みたくなるが、戦友会でもしらふでその手の話はしづらいのだ。だから戦友会は昼間から酒盛りが始まるのがふつう。ところが次第に年齢と健康を心配した娘さんから「禁酒＆節酒令」が発令され、お茶かウーロン茶に取って代わり、話題も「健全化」する。ある意味、女性陣の戦友会の参入は元兵士らにとっては良し悪しなのだ。ちなみに「お世話係」は黒子扱い、ゆえにディープな世界を垣間見ている。

父の遺志を継ぐ娘

娘たちは戦没者慰霊祭や戦地への慰霊旅行の付き添いをする。私もさまざまな慰霊祭や戦友会旅行で父親に同伴する娘さんたちによくお会いした。

淑子さんは、父の今里淑郎さんと一緒に四半世紀にわたって慰霊活動に参加し、その経験から戦友や遺族や物故者の方々と交流を重ね、父亡きあとはその遺志を継いで慰霊継承活動の世話人となった。

今里淑郎さんは、第49師団（狼師団）歩兵第１６８連隊の通信中隊の隊長だった。ビルマ戦末期に「インパール作戦撤退時の救援部隊」として派兵されるも、ビルマ中央部のメークテーラ（現メイッティーラ）で英軍のＭ４中戦車隊に包囲され、猛攻撃を受けて今里さんの部隊は全滅。約四〇〇名のうち奇跡的に生き残ったのは二名。その一人が今里さんだった。

淑子さんは「父は、いつもこの命は戦友の弔い、戦没者慰霊をするための命だと言い続けて

ビルマ上座僧籍取得時の今里淑郎さん
（2006年2月21日）

いました」と語る。今里さんは戦没者慰霊の世話役として奔走し、また日本人としては稀有な（おそらく初めて）ビルマ上座僧籍を八四歳で取得し、戦没者慰霊に生涯を捧げた。

今里さんは手記に次のように記している。

「ビルマの竪琴」という小説の中で、水島上等兵がビルマ僧になり、戦友を供養したことを思い出した。（略）「命あるうちにビルマ僧となって供養しよう」と決心したのである。[2]

今も昔も日本人がビルマ僧に簡単にはなることはできない。それだけでなく『ビルマの竪琴』はフィクションとはいえビルマ僧が竪琴を奏でる。実際は僧侶はこのようなことはしない。しかし戦後の日本ではこの間違った僧侶のイメージが公然と流布している。日本から見たビルマ社会やビルマ僧に対する誤解や無理解は当事者には深刻な問題だ。

と、いろいろ問題はあるのだが、それはともかく、高いハードルを前にしても今里さんはビルマ僧になる夢を諦めなかった。日本で五年の歳月をかけて座禅や瞑想の修行をし、仏教用語を学び、ついに二〇〇六年二月に九日間のビルマ僧得度式の受講に漕ぎつけた。厳しい戒律を守る僧侶になる決断宣言式（得度式）は、六人の僧侶の前でサンスクリット語の真言をとなえる中で厳粛に行われた。同伴した淑子さんは、この日「ミャンマーでの不思議な縁が父の得度式に合わせるように人を動かした」と語る。

今里さんと著者。2015年7月19日、高野山で行われたビルマ方面軍戦没者慰霊祭にて

得度式の前日、淑子さんが父上と以前より旧知の間柄の高野山成福院《じょうふくいん》[3]住職、仲下瑞法大僧正に偶然にヤンゴンのホテルで出会ったというのだ。仲下瑞法大僧正は帰国予定を延期し、今里さんの得度式に参列。縁のある多くのミャンマー人が得度式に駆け付け、僧院への寄付や差し入れが毎日のように届いた。淑子さんは徳を積み、人のために援助を惜しまないミャンマー人の信仰の深さに驚くとともに、「さまざまな不思議なシンクロの連続に感動し、まるで慰霊をされている戦友の不思議な力による引き寄せのように感じた」と語る。

「父に近づかないでください」

必ずしも常に女性陣が協力者や支援者とは限らない。以前、娘さんから「父に近づかないでください」と電話で釘を刺された。独居老人に見知らぬ女が近づいて怪しげな壺でも売りつけたら大変とでも思われたのかも……今どきそう思われても仕方ない。

ある日、前述の岩井忠正さんと同じく人間機雷「伏龍」の元特攻兵の男性（当時九四歳）から、体験談を話したいと「不戦兵士・市民の会」の事務局に問い合わせがあった。私は改めて男性に電話をかけ面会日を決め、念のため日時や目的などの仔細を文書にして送った。その、父親の自宅のカレンダーに記された「怪しげな予定」に、娘さんが警戒して電話をかけてきたのだ。父上の戦場体験は非常に貴重で後世に残すためにもぜひとも話を伺いたいと丁寧に説明するも、「父は認知症で正確な証言はもはやできません」と電話口できっぱりと断られた。娘さんは妻を亡くしたばかりで気弱になった父親を大変気にかけていた。娘さんは「父親の日常生活の世話も大変なのに戦場体験の語りを手伝う余裕などはなく、生活のルーティンを外から乱されるのは御免蒙りたい」と正直に語った。娘さんの事情も気持ちもよくわかる。

だからこそ、超高齢者となった戦場体験者の聞き取りは身内の理解と協力が鍵となる。そのために戦友会の「お世話係」は得意のコミュ力を発揮し、女性陣に信頼してもらえるように日々精進を欠かさない。そして戦友亡きあとも引き続き娘さんたちとの交流を続けることも、お世話係の使命と心得ている。今では亡き父上との関係性を超えて、女同士として交流を重ねている。戦友会「女子会」の主要な構成メンバーはこのような元兵士の娘たちである。

戦史研究に熱心な息子たち

娘さんだけでなく息子さんのことも忘れてはいない。父親の戦場体験から波及して戦史に関心を抱くのは娘さんより断然息子さんの方だ。私の偏見かもしれないが、定年を迎えた男性は自由になる時間が十分あるので、戦史研究にのめり込みやすい傾向がある。ある年齢に達すると男性は自らのルーツに関心が向くようで、こうした人たちが家系図の作成に熱中し、その延長線上に父親の戦場体験を「発見」するというわけだ。あるいは遺品整理をしていたら、父親の軍隊時代の手記、写真、部隊名簿や部隊史の類に出くわして探求心に火が灯る。侮るなかれ。彼らの戦史探求に対する熱量はその辺の研究者（私？）を超えている。息子さんからの発問や資料提供で私の研究が深化したことは言うまでもない。現在も父や叔父などの戦場体験に熱心に迫る彼らとの交流は続いている。「男性陣」の活躍は別の機会に譲る。あしからず。

亡父と「和解」した娘

第10章に登場した角屋《すみや》久平《きゅうべい》さんは二〇一五年の靖国神社のみたままつりで、一灯二〇万円もする「永代献灯（大型）」を一〇〇灯も個人で奉納した元ビルマ戦士。家が建つほどの私財を家族にではなく、「英霊（戦没者）」のために投じた強者だ。

私がはじめて角屋さんの長女の恵美子さんに会ったのは、二〇一八年二月初旬、角屋さんの通夜の席であった（享年九六歳）。初対面の恵美子さんに「あなたが遠藤さんですか……。父が大変お世話になりました」と礼を言われたのだが、その時「この人は私を、戦友会を好ましく思っていないの？」と一瞬妙な考えが過《よぎ》った。戦友会で一番の元気者でいつも明るく快活な角屋さんは、奥様や二人の娘さんと孫やひ孫にも恵まれた良き人生を送られたのに違いなかった。恵美子さんに感じた「違和感」は私の思い過ごしだと思っていたのだが、後に恵美子さんから角屋さんの意外な一面を知らされることになる。

二月の角屋さんの逝去に続いて二〇一八年は四名の戦友を相次いで見送った。皆さん九〇代後半で長寿を全うされた。戦友会の「お世話係」は、亡くなった戦友会員を偲ぶための戦友会「女子会」を開催した。正式にそのような会があるのではないが、戦友会員亡き後に集まるのは娘さんや奥さんをはじめ参加者は女性ばかりなので、独断で勝手にそう名付けた。

おせっかいが取り柄なので、角屋さんの四十九日の法要が済んだ頃から、恵美子さんにも月一度の戦友会「女子会」へのお誘いメールを送っていたのだが、その都度、体調不良や仕事の都合などで断られていた。しばらく連絡を控えようと思っていた矢先に恵美子さんから一通の手紙が届いた。通夜の席で過った「違和感」は思い過ごしなどではなかった。かいつまんで言えば「父親と戦争に結びつく物事や人から距離を置きたい。せっかくだが父が好んで通った戦友会には行きたくない」という主旨。元兵士の子どもの人生に、父親の戦場体験が何らかの影響を及ぼしてきたことが文面からも窺える。誠に余計なお世話をしたと反省し、「女子会」へのお誘いはもうしないと決めた。

ところが、しばらくして恵美子さんから思いもよらぬメールが届いた。

父と、まさか和解できるとは思いませんでした。幸せな気持ちです。母と泣き笑いで思い出話をしました

恵美子さんとお母さんは、再放送を重ねていたNHK・BSスペシャル「隠された日本兵のトラウマ――陸軍病院8002人の〝病床日誌〟」という、戦争で心に深い傷を負った元日本兵のドキュメンタリー番組を偶然一緒に観たのだ。

メールはさらに続く。

「お母さん、理由がわかってよかったね」

「そうか、父さんは病気だったのかい」

母は半べそをかいていました。私の見たことのない姿でした。暴力を振るう父の激しい性

格が母は苦手で、銭湯を経営していた兄のところに入り浸ってばかり。長いこと父は母が近所に住む兄と仲がいいことに嫉妬していました。

なぜ父が私を虐待したのか？　母に暴力を振るったのか？　テレビ番組を観て、これは戦争による『トラウマ』が原因の『病気』だとわかりました。父も長いこと苦しんでいたと思うと母と二人で泣きました。

このような話は角屋さんの家族に限ったことではない。

柔和な雰囲気の父が家では木刀で母を殴るＤＶ魔に豹変する、と恐れる娘。夫に殴られて眼鏡と一緒に体が二、三メートルいつも飛んでいた、とさらりと語るご婦人。父親が戦没したことで関係性に生涯苦しむ異父兄弟。出征前に生まれたため、父と六年も会えず、戦後ずっと関係がギクシャクした子。戦争から生還してもかつての精悍な青年の面影は失せ、無気力で虚ろな目をしている父を疎ましく思う息子。戦争に翻弄された数えきれない家族の面々。それは、外側から見えにくく、内側からは見せたくない姿なのだ。

ある戦友会の温泉旅行に参加した時、懇切丁寧に雲南戦場の話をしてくれた元兵士が、その夜、襖一つ挟んだ別室で嗚咽しながら、「お前だけじゃないんだ」と戦友に宥《なだ》められている場に遭遇した。「チャンコロ（中国人の蔑称）を……」というフレーズが否応なしに耳に入ってくる。敵を殺した時の光景が夢に出てくるという。酒が入ると封印していた戦場の記憶が顔を出すのだ。しらふで語れる話ではないのだろうが、武勇伝のごとく残虐行為を雄弁に語る元兵士もいれば、家族にも戦友にも言えずに心を壊す人もいた。

戦争の心の傷は、本人だけでなく次世代にも受け継がれる。父や祖父の「戦場体験」が家庭という場で子どもから孫世代の心にも深く長く影響するのである。

二〇人以上集っていた戦友会も、一〇一歳（二〇二三年現在）の元中尉を残すのみとなった。「お世話係」は最後の一兵までお世話する所存だが、戦友亡きあとはお役目御免と思いきや、今は残された人たちが互いの気持ちを分かち合う場を用意することが次の仕事と思い定めている。恵美子さんのメールは「お誘い頂いた『女子会』に参加します」と結んであった。俄然張り切る「お世話係」のおせっかいはまだまだ続く……。

1　一九八八年一月、アジア・太平洋戦争において皇軍（天皇の兵士）として侵略戦争に参戦し、戦場の生き地獄を見てきた元兵士たちが、その体験と戦争責任から「戦争だけは二度としてはならない」と固く誓って、「不戦兵士の会」を設立した。最盛期に三〇〇名以上の会員を数えたが、今は「不戦兵士」ももう僅かとなっている。

2　今里淑郎『授かりし道——進化と向上を求めて』私家版、二〇〇九年、一九〇頁。

3　高野山の成福院にはビルマ戦没者を祀る摩尼宝塔《まにほうとう》がある。一九四一年に前住職、上田天瑞大僧正は陸軍嘱託としてビルマに入り悲惨な戦争を経験した後にビルマ僧となって修行した。兼ねてからビルマ方面軍戦没者を供養したいとの願いが、一九六五年に摩尼宝塔の建立というかたちで成就した。成福院では毎年七月にビルマ方面軍の戦没者慰霊祭が行われる。

第12章「戦場体験」を受け継ぐということ

戦争前夜

「朝、目が覚めると戦争が始まっていた」

芥川賞作家の中村文則さんの小説『R帝国』（二〇一七年）の書き出しだ。

ご本人もいろいろなメディアやサイトなどで指摘しているが、現政権（岸田内閣）が推し進めている「敵基地攻撃能力」が、『R帝国』の冒頭の場面にそっくりなのだ。隣国が核ミサイルの発射準備をしていると察知したら、それを阻止するために攻撃を始めた、という設定。「やられる前にやってしまえ」とばかりに敵基地への攻撃を強行し破滅に向かう「R帝国」の顛末を描いている。「R帝国」という架空の島国とはまさしく日本国である。

いまや現政権は、莫大な軍事費を投入して高価で目立つ「正面装備」[1]の拡充に躍起になっている。見てくれを派手にして威嚇するつもりらしいが、正面装備偏重の防衛力装備は他国に脅威を与えるだけで、政府が主張するような抑止力になるとは到底思えないのだ。

抑止力のために防衛費をＧＤＰ（国内総生産）の二パーセント、いまのほぼ倍に増額し、二〇二三年度から二〇二七年度までの五年間で四三兆円の防衛予算にするという。抑止力といえば聞こえがよいが、諸外国は日本がとてつもない勢いで「軍事国家」に宗旨替えしたと見なすだろう。「そっちがその気ならこっちもやるぞ」となって、抑止力という名の軍拡競争が始まるだろう。日本の軍拡が中国のさらなる軍拡を生み、中国のさらなる軍拡に脅威を抱くインドが軍拡し、インドと歴史的に揉めてきたパキスタンも軍拡化するかもしれない。北朝鮮も便乗しそうだ。このような国際的な大軍拡の「ドミノ倒し」の火付け役が日本だなんて冗談じゃない。単なる妄想だと一蹴するなかれ。首相の答弁よりずっと腑に落ちる話ではないか。

さらに、「敵基地攻撃」へのＧＯサインの判断は、あの「最大友好国」が握っているのだ。情報の収集や分析や伝達能力がイマイチの日本は武力行使に踏み切る判断を米軍に依存せざるを得ない。過去の戦争に情報戦で負けたことは周知の歴史的事実である。日本は米国の判断で武力行使に踏み切り、米国と相手国との代理戦争を担うという最悪のシナリオ。もはや小説の中の話ではなく、日本が戦場になる可能性が一気に現実化してきた。いまのウクライナを見れば一目瞭然。米国は武器を送るが米兵を派兵しない。日本も同じようになる。戦争をするとどうなるのか、日本人は嫌というほど知っていたはずだ。為政者は過去の戦争の失敗から何も学んでこなかったのか、元兵士らの声にしっかりと耳を傾けてきたのかと、問いたい。

軍拡や戦争は、あちこちで沸き上がってくる「脅威」と有事の宣伝から始まる。明治初期の「ロシア脅威論」、戦後の「ソ連脅威論」に基づく再軍備化、現代における「台湾有事」の宣伝による「中国脅威論」が如実に表している。軍拡期は、戦争や軍拡に反対する思想を取り締まる発想が幅を利かせ統制が実施される。「脅威」は「外敵」だけにあらず。一九二五年の治安維持法の制定で、共産主義者を「内敵」と見なし徹底的に弾圧した。現代では二〇一三年に制定された特定秘密保護法が様々な「内敵」をあぶり出し、言論抑圧に適用されることを危惧する。そうなれば「軍拡・戦争反対」と表立って言えなくなるだろう。学問や教育などへの介入や統制はすでに始まっている。昨今では二〇二〇年一〇月に、菅義偉首相が会員候補六人を任命拒否しアカデミーとしての独立性を揺るがせた日本学術会議会員任命問題が筆頭にあげられる。

最も有効な抑止力は、「脅威」と見なされない巧みな外交だと思うのだが、いまの日本は勇ましい声の方が大きく聞こえてくるだけで外交努力が見いだせない。戦争のできる準備は着々と進んでいる。一見平穏な平時が一晩で「戦時」となる。もはや戦後〇〇年でなく、「戦争前夜」なのだ。

危機迫る不穏な事ばかり書いてしまったが、そもそもこの本の執筆を引き受けた最大の理由は、二度と戦争や紛争による死者を出さない、二度と「悼むひと」を生み出さない、そういう未来を次世代に繋ぐバトンになりたいという願いからである。

平和ボケ

「すべての戦争は自衛戦争から始まる」

戦友会で耳にタコができるほど聞いたフレーズだ。

戦争忌避や厭戦を断固取り締まる任務のビルマ憲兵隊の元憲兵軍曹が、なんと「もしいま戦争になったら、私は米袋を抱えて山に逃げます」と耳を疑うような発言をした。

ビルマ戦場を生きのびた約二〇〇名の部隊の中隊長も戦友会で次のように語った。

「私はいま戦争になったらさっさと逃げます。戦争に行って、戦争のむごたらしさを嫌というほど経験し、私は最大の卑怯者になりました。戦争は何としても阻止しなくてはいけません。勝っても、武力では何も解決しません。だから自衛隊も軍隊もいりません」

さらに彼は「今度生まれてきたら、音楽家か画家か、美しいものを愛でる芸術家になりたい、戦はもう懲り懲りだ」と結んだ。冗談なのか？　いやはや、一〇〇歳を超えた元中隊長の心からの本音である。

戦争で生きのびた元兵士たちは皆、口を揃えて語った。

「戦争はどんなことがあってもやってはいかん」

これが地獄の戦場を生きのびたおじいさんたちの唯一無二の「遺言」なのだ。

ミャンマー内陸部のウェトレット村の日本軍戦没者慰霊祭で、ミャンマーの僧侶は、「日本人のためだけではない、ビルマ戦線で亡くなったすべての人のために祈っている」と説いた。当たり前だが、戦争で惨たらしく死んでいくのは日本人だけではない。日本は、約八〇年前の戦争で戦没した自国民を悼むことはあっても、日本の侵略戦争の犠牲となった諸外国の膨大な死者と向き合い、その死を心から悼むことがどれくらいあったか。

戦争を生きのびた元兵士たちは住民に対する加害行為について、身に覚えがある、あるいは（伝聞も含めて）見聞きした。一方で、彼らは戦場で無惨に死んだ戦友を片時も忘れられず、彼らを悼む気持ちと同時に「死に損なって申し訳ない」という贖罪の気持ちを抱えて、戦後を生きのびてきた。戦争に行ったら誰だってただじゃすまない。人間性をかなぐり捨て、自らの命を差し出し、相手の命を奪う。本来、何の関係も恨みもない相手（住民も含めて）を国家間の対立の末に殺さなければならない宿命を負わされる。戦死するも生き残るも時の運。運が悪ければその屍を野に晒す。父親や夫や兄弟など、家族を失った遺族のその後の過酷な経験も筆舌に尽くしがたい。運よく生きのびた復員兵らも、凄惨な戦場の記憶から生涯逃れることができずＰＴＳＤを発症する人も少なくない。そしてこの復員兵のＰＴＳＤが子々孫々までも深刻な影響を与えるのだ。[2] それもこれも日本人だけではない。植民地にされた朝鮮半島や台湾の人たちは「日本人」として戦争に駆り出された。一五、六歳の少年が戦場に駆り出され、一〇代の少女までもが「慰安婦」にされ、人として生きるあらゆる権利を踏みにじられ、戦後も過去の忘れ難い苦しみを抱えて生きなければならなかった。今でもこうした「終わらない戦争」が、至る所で癒えることのない傷口をぱっくりとあけて横たわっている。

本当の平和ボケとは、そうした未だに癒えない傷口に気づかずに「平和」だと錯覚して無頓着に生きていることだと思う。それが為政者だったとしたら史上最悪の事態だ。

客室乗務員からビルマ戦の研究者へ

ここで、少し私自身のことについて述べたい。

一九七〇年代頃、東京の池袋駅付近で白装束を纏い、ヨレヨレの軍帽を被り、傷痍軍人と思しき手や足を失った人が物乞いをしている姿を目にした記憶がある。当時子どもだった私はそうした人たちに出会うことが怖くて意識的に避けていたように思う。あの時代はまだ子どもでも戦争の痕跡を見つけることができたのだが、一九八〇年代になると見える形では認識しづらくなった。

一九三〇年生まれの父は軍国少年であったが兵士としての戦場体験はなかった。ただ、父の背中には無数の焼夷弾の破片によるケロイド状の傷跡があった。幼い頃、父の背中を見るのが怖くて一緒に風呂に入るのが嫌だった。父方、母方双方の兄弟にも戦場体験者がいない。つまり私は戦没者の遺族でも復員兵の家族でもない。そうした家族状況も影響していたかもしれないが、一九六〇年代生まれの私は、過去の戦争にも、戦争映画や文学にも、兄がよく作っていた戦艦のプラモデルにも、些《いささ》かも興味がなく、東南アジアや中国を訪問しても、そう遠くない過去に自国の軍隊が侵略者となり、現地の人たちの命と財産の全てを奪ったなんて露ほども思っていなかった。恥ずかしながら「平和ボケ」の典型だった。

一九八二年から八八年まで、私は日本航空の客室乗務員として世界の空を飛びまわっていた。バブル経済で浮わついていた時代である。二〇代前半の息子に「母さんの若い頃はバブル期で勢いがあってよかったじゃないか」と指摘されると苦笑するしかない。未来に対する不安や閉塞感に苛まれているZ世代の若者にはそう映るだろう。

一九八〇年代の日本航空には戦場体験者も少なからずいて、元特攻隊の生き残りという機長《キャプテン》もいた。今でも思い出す出来事がある。天候の悪化が予測されている中、DC-10でクアラルンプール国際空港に向けて着陸態勢に入った。その時、突然のスコールで機体が左右に揺れ、豪雨で視界が完全に閉ざされた。ところが飛行機は難なく着陸。同乗の男性パーサーが「さすが元特攻兵は腕が違うな」と呟いた。当時の私は戦争に対する漠然とした忌避感から、キャプテンがなんだか怖くて近寄り難く思えた。

乗務後、クアラルンプールの滞在先のホテルに到着するやいなや、例のキャプテンから若いスチュワーデスたち（現在はキャビン・アテンダント）に予期せぬ「業務命令」が下った。とにかく言われるままにタクシーに乗せられ、こんもりとした森のような場所に連れて行かれた。そこが今となってはどこなのかよくわからないが、少し開けた野原に戦没者の慰霊碑か墓碑であろう石碑がひっそりと佇んでいた。戦争にまったく無関心な若い娘たちは「こんな所に来たくないわよね……」とこっそり耳打ちしたことを覚えている。戦場体験をもつキャプテンには忘れ難いメモリアルな場所であり、そのことを若い世代に知らしめたいと思ったのだろう。それなのにその時にキャプテンが語った言葉が何ひとつ思い出せないのである。

一九八五年六月二二日、私はニューヨーク行の日本航空００６便に乗務していた。ニューヨーク便もまだ直行便ではなくアラスカのアンカレッジを経由していた時代だ。このフライトが後の私の運命を変えることになる。

乗務員席の向かいに初老の男性客が座っていた。男性の名は小林憲一さん（当時六五歳）。あの時、私が００６便に乗務していなかったら、小林さんに出会わなかったら、私は拉孟《らもう》戦の研究者になることも、中国雲南省と北ビルマの境の山深い拉孟戦場跡に立つこともなかった。小林さんは拉孟戦に深く関与した旧日本陸軍の飛行隊長で、戦後、日本航空に航空整備士として入社した。彼はニューヨーク駐在の娘さん一家を訪ねるためにこの便に乗っていた。この男性が、のちに拉孟戦について話をしてくれる重要な人物だったのだが、当時はそんなことは知る由もない。通常、機内でのお客様との出会いは「一期一会」。その後地上でお会いすることはまずあり得ない。ところが小林さんとは東京の自宅が近かったことなどいろいろな偶然が重なって、その後、家族ぐるみの交流が続いた。しかし、拉孟戦について聞くに至るまでの道のりはまだ遠く、ずっと後まで待たなければならない。

二五歳の時、世界を見て己の未熟さを知り、改めて大学でもう一度きちんと勉強したいと思った。私は親に内緒で日本航空の客室乗務員の試験を受け、親の猛反対を押し切って大学を中退し日航に入社した。一九歳の若気の至りだ。在職中にあの御巣鷹山（群馬県多野郡上野村）の日航ジャンボ機墜落事故（一九八五年八月一二日）が起きた。便名は123便大阪行き。小林憲一さんに機内で出会ってから二ヶ月後の大惨事だった。123便墜落事故から私は安全運航も、健全な労働環境も黙って座ったままで与えられるものではないことを心に強く刻んだ。

これは反戦・平和運動にも通じる。憲法九条があったという理由だけで日本は戦争を回避できたのではない。二度と戦争をしてはいけないという市井の人たちの強い思いと行動がそうさせたのだ。日航時代に私は航空安全や労務管理で少しでもおかしいと思ったら、その疑問を自覚し、解決のために行動することを学んだ。目を覆いたくなるような問題にも向き合って本質を明らかにすべきだと肝に銘じた。当時、五二〇名の尊い命を奪った123便墜落事故の徹底究明と二度とこのような大惨事を起こさないために何をすべきか、深く広く考える日々を送った。こうした日航での強烈な経験がいまの私の戦争研究の基盤になっている。

一九八八年三月末に六年間勤務した日航を退社し、四月から大学（文学部史学科）に復学した。日本が近代化の手本としたイギリス近代史を、とくに一九世紀の労働運動史を研究対象に選んだ。その動機は日航時代の組合運動にある。

当時の日本航空の労務政策は客室乗務員の新入社員を全員、会社側の第2組合（御用組合）に加入させて組織拡大を図りながら第1組合潰しを目論んでいた。当然ながら私も何ひとつ疑問を抱くことなく第2組合に所属していたのだが、123便墜落事故を契機に私は第2組合の方針や要求に疑問を抱くようになった。当時の日航は利益を優先するあまり、安全運航や乗務員の健康を疎かにしていたのだ。最悪の事故を起こした直後にもかかわらず様々な安全に関する疑問を組合に投げかけてもやんわりとスルーされた。違和感を覚え、ついに意を決し第2組合を脱退し、真摯に航空機の安全と乗務員の健康を訴える第1組合に移った。そんな大それたことをする若手の客室乗務員はめったにいなかった。案の定、第2組合員の上司から会社の方針に敵対する不届き者として理不尽な差別や虐めを受けた。見せしめだった。この経験を肥やしに復学した大学では近代イギリス労働運動史の分析から日本航空の労働運動の労使協調路線の原因を明らかにしたいと考えた。実体験から生まれた並々ならぬ学究心を抱いて大学に復学したのである。

その後の研究者としての歩みは紆余曲折があり過ぎるので割愛するが、二〇〇一年八月一五日、一六年前に006便で出会った小林憲一さんから突然自宅に小包が届いた。その中身は拉孟戦に関する陣中日誌や手記などの貴重な一次史料であった。この時、私は博士課程の大学院生兼主婦で、第二子の出産と育児に忙しく大学院を一時休学していた。拉孟戦の史料を見て全く門外漢の私は困惑し、大学院の指導教授に相談すると教授から「一九世紀のイギリス近代史研究は後からでもできるが、戦場体験者は直にいなくなるから縁のある遠藤さんが拉孟戦の研究をすべきだ」と背中を押された。こうしてビルマ戦研究者として最初の一歩を踏み出したのである。

手始めに小林憲一さんの戦場体験の聞き取りから取り掛かった。長年親交があったにもかかわらず拉孟戦の話を聞くのは初めてで、いつになく緊張して小林さんを訪ねた。小林飛行隊長の任務は、膨大な兵力の中国軍による兵糧攻めに合いながらも死闘を繰り広げている拉孟守備隊への、軍事物資の空中投下であった。雲南戦場では米軍が完全に制空権を掌握していたので、小林飛行隊長の投下任務は命がけだった。その後小林さんから拉孟守備隊の希少な生存者を紹介してもらいながら、拉孟戦場の内実を一〇年の歳月をかけて丁寧に聴き続け、英米中連合軍側の史料と付き合わせながら論文にした。

女性が研究者になるのは昔も今も容易くない。結婚し第一子を授かって、しばらくして第二子を身ごもった時ある大学教授が発した言葉が忘れられない。

「一人ならまだしも二人の子持ちじゃ専任のポストは無理だな……」

夫も研究者になることには理解を示してくれたが、家事育児を代わりに受け持ってくれることはなかった。家事・育児・親の介護を一手に担う側らで研究時間を捻出するのは容易ではない。寝る時間を削るしかなかった。院生仲間（私よりずっと若い独身男性たち）からは「遠藤さんは子ども産んだだけで研究成果は何も産んでいないですよねー」と軽いノリでズバリと言われ、かなり凹んだ。あながち嘘ではないので悔しくても反論できず、そんな自分を惨めに思った。いまだったらマタハラ、アカハラと問題視される発言なのだが……。

ようやく自分の時間がもてるようになったのは五〇歳を過ぎた頃で、単著『「戦場体験」を受け継ぐということ――ビルマルートの拉孟全滅戦の生存者を尋ね歩いて』（二〇一四年）を上梓したのは五一歳だった。０06便の小林さんとの機上の出会いから三〇年もの歳月が流れていた。

慰霊登山と拉孟

二〇一五年は戦後七〇年と御巣鷹山の１２３便墜落事故から三〇年目の節目の年であった。

御巣鷹山を登る

慰霊碑（2015年10月著者撮影。以下同）

在職中も退職後もいつか御巣鷹山に登らなくてはと思いながらも実現できずに月日が過ぎてしまったが、二〇一五年一〇月、私は客室乗務員OGと運航乗務員OBの有志とはじめて慰霊登山をした。台風一過の目が覚めるような秋晴れの日だった。退職して三〇年もたっていたが、御巣鷹の尾根に向かう大型バスの中でかつてのJAL仲間の絆を肌で感じながら、和気あいあいとした雰囲気で昔話に花が咲いた。

　登山口の駐車場を降りると、「慰霊の園」と呼ばれる場所に到着した。両手を天に向けて合掌するようなイメージの巨大な慰霊碑が目に飛び込んできた。[3] 青空に伸びた尖塔の先に墜落現場の山がある。胸が詰まる思いで手を合わせた。慰霊碑の後ろには納骨堂があり、身元確認できない遺骨が一二三個の壺に納められている。さらに亡くなった五二〇名の氏名が刻まれた石碑

遺族のメッセージ

山中には熊よけも

がある。沖縄戦の戦没者の名前が刻まれている「平和の礎《いしじ》」（沖縄県糸満市平和祈念公園内）がふと脳裏に浮かんだ。同じ苗字が連なるのを見つけ胸が詰まった。お盆の最中、帰省のための家族連れがこの先も続くはずの人生を一瞬に奪われた。客室乗務員の名前と年齢が刻まれている。「二二歳の〇〇」。これは私だったかもしれない。そう思うとその後の三〇年余りの人生を精一杯生きてきたかと自らを問いたくなった。

御巣鷹山と松山（拉孟戦があった中国雲南省にある松林の山）は、当然ながらまったく関係がない。123便墜落事故跡と拉孟戦場跡。私は御巣鷹山に登り、拉孟の松山を思った。二つの山を結びつける人物は世界中探しても他にいないだろう。だが、私はどちらも登山の随所で、亡くなった人たちの「声なき声」が山肌から聞

昇魂之碑

こえてくるようで息苦しくなった。

御巣鷹山は想像以上に険しい山道だ。野生動物も出没するので、熊よけの鈴を鳴らしながら登った。御巣鷹山にも松山にも登山道に横木が敷いてあってそれを頼りに一歩ずつ進む。前人未到の松山はさらに足場が悪く山肌を這うようにして登ったのを思い出す（現在は遊歩道が出来ている）。

御巣鷹山の登山道のあちこちに遺族が建てたし思しき慰霊碑が目に入った。ある遺族が書いたメッセージが目に留まる。

「当時1才だった私も母親になりました。今日は父に孫の顔を見せに来ました」

父親を亡くした娘さんの言葉に涙が溢れた。機内で座っていた場所によって遺体の損傷が異なると教えられた。本当に辛く悲しい登山であった。

登り切った墜落現場付近に「昇魂之碑」がある。一緒に登ったキャプテンが前方の山を指しながら語った。

「あの山にね、最初に突っ込んだんだ。あそこだけU字にくぼんでいるだろ。三〇年経っても木が生えないんだ。俺たちに忘れないでくれってね」

堪らなくなって同期とその場で号泣した。

くる年もくる年も遺族や縁者は癒えない悲しみを抱えながらこの道なき山を登り、死者への哀悼の意を捧げてきたのだろう。

海の向こうの別の場所で、死者を思いながら、同じように山を登る人たちがいる。一九四四年九月七日に全滅した総勢一三二四名の拉孟守備隊の将兵たちが、松山とその周辺のどこかで眠っている。その場所は今もわからないのだ。現在も中国は元日本兵の遺骨収集も慰霊も許可していない。拉孟の遺族らは生きのびた元兵士らとともに慰霊行為ができなくとも「悼む気持ち」を携えて、松山に登った。

松山の地隙。中国雲南省には地表が割れて出現した独特の隙間があり、旧日本軍は「地隙」と呼んでいた。拉孟守備隊は交通壕に利用していた（2019年2月著者撮影）

「父がこんな遠い異国の山奥で死んだかと思うと不憫でなりません」

もう八〇歳になる娘さんの言葉だ。

123便の墜落事故から今年（二〇二三年）で三八年、拉孟守備隊が全滅して七九年が経つ。拉孟の慰霊祭にはもう元兵士の姿はない。遺族も八〇代が主流になってきている。日航ジャンボ機墜落事故の遺族らがつくる「8・12連絡会」によると、一九八五年、事故直後に同会に加盟した遺族は約二八〇家族だったが、二〇二一年には一四〇家族に半減し、八〇代前後が大半で全体の三分の二を占めている（朝日新聞、二〇二一年九月一六日夕刊）。どちらも遺族の高齢化は進んでいる。

二〇〇六年四月二四日、日本航空は二度と事故を起こさないと誓って、事故の教訓を風化させないために、安全啓発センターを開設し、ここを「安全の礎」とした。それ以来、日航は重大な航空機事故を起こしていない。一九八五年に二二歳で入社した社員も還暦を迎える。今となってはあの事故をリアルタイムで知っている社員はもう数パーセントだそうだ。およそ八〇年前の戦場を知っている兵士ももうわずかだ。なんだか似ているではないか。あの事故を知る人がいなくなることで、事故の記憶が風化してしまうことがないように切に願う。戦場を知る人たちがこの世を去った時に次の戦争が始まるというのは先人の言葉だが、その兆しが目の前に見えてきた。だから今、私は御巣鷹山を思い出し、松山に思いを馳せる。二度と同じ過ちを犯してはならない。空の安全も平和な世界もどちらも何もせずに与えられるものではない。安全と不戦を求める後継者たちのひたむきな思いと行動が風化を阻止してきたのだ。

前出の「8・12連絡会」の事務局長の美谷島邦子さんによると、会の運営が子どもや孫世代に受け継がれているという。美谷島さんは「若い人たちは必ずしも私たちと同じやり方を継承しなくてもいい。自分たちのやり方で会を続けて欲しい」と述べている。これは「戦場体験を受け継ぐこと」にも共通する。戦時を生きのびた祖父母や両親が繋いだ命を私たちが次の世代に繋いでいかなくてはならない。二度と戦争や紛争による死者を出さない。二度と航空機事故を起こさない。不条理による無惨な死者を出さない。「悼むひと」を生み出さない。それを次世代に繋ぐためにバトンをもって走り続けたい……。

1 自衛隊の装備のうち、戦車、火器、戦闘機、護衛艦など、戦闘に直接使用される兵器・装備の総称。これに対して弾薬、ミサイル、燃料、通信機器、施設などの作戦実施の基盤となる装備を「後方装備」と呼ぶ。

2 「PTSDの復員日本兵と暮らした家族が語り合う会」（二〇一八年一月設立）の代表の黒井秋夫さんは、中国戦線の復員兵だった自らの父親の無気力で虚ろな眼差しの原因が、戦争によるPTSDであることを訴え、様々な症状が当事者（元兵士）だけでなく、子々孫々まで何世代も長期的かつ深刻な影響を及ぼすことを世に知らしめる活動を精力的に行っている。

3 犠牲者五二〇名（乗員乗客五二四名）の供養のために飛行機の墜落現場付近（御巣鷹山の尾根）に「昇魂之碑」が、ふもとに慰霊塔と納骨堂（慰霊の園）が整備された。

最終章　非当事者による「感情の歴史学」

手本はイギリス式オーラル・ヒストリー

元兵士のおじいさんたち、彼らが終生「悼んだ」戦友たち、遺された家族。この本はそうしたたくさんの人たちの「声」の集積でできている。元兵士の十人十色の「声」に寄り添いながらも、さまざまな場面で響き合う多様な人たちの「ポリフォニー（多声音）」を聴き分けようと試みた。これは文書史料だけでは確定できない、あるいは捉えることが難しい歴史的事実に当事者と関係者への「聞き取り」で近づこうと試みた、オーラル・ヒストリー（口述史）の歴史実践である。

もともとイギリス近代史を専門としていたので、私のオーラル・ヒストリーの手法はイギリスの影響によるところが大きい。イギリスでは日本に三〇年ほど先んじた一九七三年に、オーラル・ヒストリー学会が創立された。その中心的な歴史家が「オーラル・ヒストリーの父」と呼ばれるポール・トンプソンである。彼の著書『The Voice of the Past』（一九七八年）は現在でもオーラル・ヒストリーの古典として読み継がれている。[1] 私も「過去からの声」に耳を傾け、「声」を紡ぎ、繋ぐことを仕事としてきた。「過去からの声」は今を生きる人たちの指針になるからだ。

イギリスでは一九六〇年代から七〇年代にかけて社会の上層を対象にした近代歴史学に対抗して「普通の人々（民衆）」を対象にした社会史が登場した。これをイギリスでは「下からの歴史」と呼ぶ。社会史家のラファエル・サミュエルはオーラル・ヒストリーの手法を用いて、貴族や政治家などのエリートの歴史ではない、「普通の人々」の目線で書き起こす歴史工房（ヒストリー・ワークショップ）をオックスフォードのラスキン・カレッジに開設し、歴史の表舞台に登場しない女性や労働者らが一緒になって自らのテーマで歴史を書く「ヒストリー・ワークショップ運動」がイギリスの各地で展開した。この運動の成果は、とくに女性史の分野で発揮され、母親たちが子連れの手弁当で、サミュエルのもとに集まり、価値のないものと見なされてきた女たちの物語を紡ぎはじめた。彼女たちはプロフェッショナルな歴史家は気づけない、とりあげられそうもないテーマを手がけ、フレッシュな女性の視点で従来の歴史学に一石を投じた。歴史を見る角度と手法を変えると今まで見えなかった新しい世界が見えてくる。

生きた歴史に触れる

イギリスのヒストリー・ワークショップ運動の母親たちを見習って、「主婦研究者」はプロパーの大学教員はやりそうもない（できない）「お世話係」として聞き取りをやってきた。家庭と研究の狭間で悩みながら、万年非常勤講師である我が身を不甲斐ないと思ってきたが、今にしてようやく「お世話係」だからこそできたオーラル・ヒストリーの成果があると思えるようになった。

必要なのは、語り手に信頼されていること、聞き手は語り手をリスペクトしていることである。このような関係性とコミュニケーションがオーラル・ヒストリーの中身を決めると言っても過言ではない。聞き手の性別や年齢やポジショナリティによって関係性は多様なものになる。さらに、どこで話を聴いたか、どのように聴いたか、どのような聞き手であるかが語り手の語りに影響を与えるのだ。

「何でもよいから質問してください」と語った元兵士に「あなたは人を何人殺しましたか」と尋ねた新聞記者は、拒絶され、二度と取材ができなくなった。信頼関係を構築する前に突っ込んだ質問を発してしまった失敗例である。聞き手は聞きたいことを真っ先に聴くのではなく、まずは語り手の話を心をこめて聴くことで、この人に話しても大丈夫だ、話したいと思われる関係性をつくることだ。言うは易く行うは難しなのだが。

日本近代史家の大門正克は、著書『語る歴史、聞く歴史――オーラル・ヒストリーの現場から』（二〇一七年）で、聞くということには、ask（尋ねること）とlisten（耳を傾けること）の二つの側面があるとし、聞き手のaskは聞き取りのきっかけとなるが、askの内容と語り手が語りたいことが必ずしも一致するわけではないので、語り手が語りたいことに耳を傾けるlistenが必要だと述べている。[2] 私自身、戦場体験の聞き取りは、askよりもlistenを重視した。何度も聴いた話でも初めてのように聴く。語り手が語りたいことをありのままに聴く。沈黙も丁寧に聴く（沈黙を破るその「声」を聴き逃さないように耳を澄ます）。嘘も、盛った話も誠実に聴く（その社会的意味を理解する）。このように耳を傾けていると、事実は必ずしも「真実」ではないことを思い知らされる瞬間がある。

ある元兵士はインパール作戦からの敗走時、衰弱死した同村の戦友の哀れな姿を彼の母親には話せなかった。「なぜ息子の骨を拾ってくれなかったのだ」と問い詰められても、ビルマ戦の敗退時は地獄絵図さながらで我が身を死の淵から掬い上げるだけで精一杯だった。

別の元兵士は「戦友がおそらく自分の骨を拾ってほしくて（あるいは看取ってほしくて）、最後の力を振り絞って自分の数十メートル先に行って自決した。遺族には銃口を口に突っ込んで死んだ惨状を口が裂けても言えなかった」と語った。だから遺族には「名誉の戦死だった」と嘘をつくのだ。

勇会有志会のおじいさんたちは、八月にやって来る一見《いちげん》さんの新聞記者には派手な記事になりやすい武勇伝しか話さなかった。戦友会の「お世話係」は、その裏にある戦場の「真実」を知っている（でも黙っている）。

　元兵士の遺族や家族も一枚岩ではない。例えば帰還兵の子どもと戦地で親や身内を亡くした遺児とは戦後の生き方に隔たりがあるのはあたりまえ。だからこそ「お世話係」は人によって接し方を考慮しなくてはならない。家族や遺族間の「温度差」を肌で感じながら、どんな時も寄り添う共感力が求められる。おじいさんたちが亡くなって、付き添っていた家族（妻や娘）が生前の家庭内の父や夫の姿を語り始めた。戦友会でのおじいさんたちの姿とは違っていて最初はめんくらった。彼女たちの話を聴くために戦友会「女子会」が生まれた。

　ポール・トンプソンは「オーラル・ヒストリーによる回想が老人を元気にし、セラピーの役割を果たす」と述べている。[3] 回想が老人に生きる力を与えるのだ。おじいさんたちは、私を相手に「あなたと話しているとまるで戦友と話しているようだ」、「話を聴いてくれる人はいても分かってくれる人はいない」と語り、次第に戦争の話だけではなく子ども時代や母親のことまで昔話に花が咲いた。おじいさんたちは晴れ晴れとした顔で、帰り際に必ず「ありがとう」と握手を求め、また会う約束をした。

　もちろん、セラピーの効果は老人に限ったことではない。それは戦友会「女子会」でも発揮される。先日、「女子会」のメンバーの娘さんが、「最近、父が黒い鳥になって私のところに来ました。あの大きな鳥は父に違いないのです。父は何か伝えたいことがあると鳥に姿を変えてやって来るのです。鳥になった父は、さらに一羽の美しい鳥を連れてきました。咄嗟にその鳥は隊長さんだとわかりました。父は私に今度の慰霊祭にどうしても参列してほしいのでしょう」と久しぶりに慰霊祭参加の連絡をくれた。その娘さんは父親との確執に苦しんできたが、父親が亡くなった後、心にしまっていた家族の物語を語ることで自らが解き放されていった。今では素直に父を偲ぶことができるようになったと語る。自らの体験を回想し、語りたいことを語ることで、長年トラウマを抱えている元兵士や遺された家族の心の重荷が少しずつ解かれていく過程を目の当たりにしてきた。さまざまな状況に寄り添い、多様な「声」に接しながら、「生きた歴史」がありありと蘇ってくる。これこそが「主婦研究者」の喜びである。

「主婦研究者」もけっこうツライ

「主婦研究者」が皆さんから賛同を得ているわけではないことも正直に書いておこう。ある反戦平和の市民団体の女性からは「ウヨクの巣窟と思える靖国神社や戦友会によく頻繁に行けますね。私は死んでも行けません」と怪訝な面持ちで言われた。八方美人的に見える私のポジショニングが嫌われていることも認めなくてはならない。さらに強烈だったのは、「遠藤さんは女スパイですか？」と真顔で聞かれたことだ。

「いいえ、『お世話係』に扮した『ボンドガール』です（笑）」と返した。

数年前には、オーラル・ヒストリーによる研究報告の講演で、司会者である著名な歴史研究者から、「これは歴史研究とは言えない」云々とボコボコに叩かれた。一般聴講者の前でのダメ出し（それも司会者からの）はさすがに堪えた。いまだにダメ出しの根拠が不明で腑に落ちない。その後、ストレスでしばらく「声」が出なくなって、聞き取りの仕事ができなかった（洒落にならない）。勉強不足を棚に上げるつもりは毛頭ない。一層精進しなければならないのは百も承知だが、最近は歳もとり図太くなってきたので、今度ボコボコにされる機会があったら偉い先生に「二〇年間『お世話係』をやってみてからおっしゃってください」と言うつもりだ。

戦友会や慰霊祭には日本会議や「英霊にこたえる会」のような保守系右派の方々が参加することもたびたび。戦友会にやって来た日本会議の某支部の男性は「戦争は反対、平和を求めます。遠藤さんと同じ山を目指していますよ、ただし登山する道が違うだけです」と語る。そもそも私が目指す山は彼の山とは全く違うと思うのだが（登ってみればわかる）……。

保守系右派の人たちからみれば「サヨク」認定の「主婦研究者」だが、意外にも表立って批判されたことはない。その理由は長年元兵士に寄り添い、戦友会や慰霊祭の「お世話係」をやり続けていることが「評価」されているからだと風の便りで聞いた。ただし、「慰安婦」の女性たちに対する見解だけは許せないらしくダメ出しされた。彼（女）らは「慰安婦」の女性たちを戦時性暴力の被害者として見なすことが到底できないのだ。「英霊」を汚すような見解が許せないのだろう。汚したのはどっちなのかと突っ込みたくなるのだが、こんな紳士的なおじいさんたちがそんな酷いことをするわけはないと固く信じて疑わないのだ。

少年兵だったある人は「慰安所に行くことを拒むと、『女を抱けないような奴は一人前の日本軍人になれない』と顔の形が変わるほど上官に殴られた」と語った。中国戦線の将兵の数々の蛮行の記録を読み、彼らの赤裸々な告白に耳を傾けてきた私は、虫も殺さない善良な父親や夫が中国各地で想像を絶する蛮行を行う「日本鬼子（リーベンクイズ）[4]」に変貌するのが戦争なのだと理解している。

改憲を主唱する保守系右派の若者に「僕はリベラルとか市民という輩が大嫌いなんです」と耳打ちされた。私は戦友会の「お世話係」でありながらも彼が大嫌いな複数のリベラル系（？）市民団体に所属している。[5]

こうして右から左へ、左から右へと自由自在に往来できるのも私の得意技。「研究者」に見えない外見と雰囲気に助けられている。

右だ左だああだこうだと揉めている場合ではない。むしろ今は上か下かじゃないか。上層の特権階級だけが潤う社会、彼らに有利な社会を推し進めて行った先にあるものは「普通の人々」の人権や自由が抑圧される社会である。最悪の結末が戦争だ。「上から目線」の社会はもうたくさんだ。為政者や特権階級の化けの皮を剥がすためにも、歴史的に価値のないと見なされてきた「普通の女性たち」、いや必ずしも女性だけを意味しない、「すべての抑圧されている人たち」が立ち上がって現代社会を問い直す「ヒストリー・ワークショップ運動」のような歴史実践運動が求められている。「普通の女性」が生きやすい社会の実現が「主婦研究者」の最終的な目標なのだ。「普通の女性」が生きやすい社会は誰もが生きやすい社会のはずだから。

歴史事実が歴史化されるとき

また戦争が起きない限り、戦争を知らない非当事者が次世代の非当事者に「戦場体験」を伝えることがあたりまえの時代になった。そのような中で戦場体験を引き受けるとはどういうことか、非当事者として体験を想像するにはどうしたらよいのか、その最前線にいる「お世話係／主婦研究者」の目線から考えてみたい。

なぜ平和は大切なのか。それは自明のことなのか。戦争の反対は平和ではない。一見、平和に見える日常の中に戦争の兆し（芽）が潜んでいる。

毎日メディアに溢れる「ウクライナ戦争」の惨状に目を覆いたくなる反面、戦争も、震災や大事故も、当事者でなければ時間の経過とともに次第に関心が薄れていくのが世の常だ。これは二〇二一年のミャンマーのクーデター報道がたった二年でぐんと少なくなったことからも容易に想像できる。悲しいかな、自国の「戦争」に関心をもつ日本人はこの国では変わり者のマイノリティ。なぜそんな風に思うかといえば、戦争関連の講演会（勉強会）や市民運動に集うのが中高年齢層のどこかで見た顔であったり、知り合いの知り合いであったりする状況があるからだ。そうした顔ぶれの中でも若者はさらに少ない。若者に「戦場体験」に関心をもってもらうにはどうしたらよいだろうか。あるいは彼らがどういう媒体に関心を抱いているのか。

戦争体験をじかに聞く機会も、学校教育で戦場の実像を伝える場面も、時代とともに少なくなっている。いきおい、漫画やTVドラマや映画やネットメディアによる戦争の表象が意味をもつようになってくる。加えて、若者たちの間では戦争が従来の反戦平和学習とは別の目的で受け取られ、消費される時代に突入した。誤解を恐れずに言えば、一部の彼（女）らにとっての「戦場体験」はドキドキ・ワクワクする「楽しい」体験なのだ。

ネット上で軍帽や軍装や脚絆《きゃはん》や飯盒《はんごう》や水筒などの旧日本軍の備品などが盛んに売買されている。元兵士らが亡くなって遺族が遺品整理の一環としてネットオークションに出品するケースもあるようだ。マニアは気に入った軍装備品を手に入れて実物を装着して「軍事教練」に興じるとか、旧日本軍の軍装で「サバゲー（サバイバルゲーム）[6]」にハマるとか。実物の軍装で行うサバゲーはかなりエキサイティングな体験に違いないが、戦友会のおじいさんたちが知ったらなんと言うだろう。口をへの字に結んで黙りこくる姿が目に浮かぶ。

八月一五日の「終戦記念日」に靖国神社を訪れてみると、陸海軍の将校や日本赤十字社の看護婦（当時）のコスプレイヤーに出会える。コロナ禍以前は、乃木《のぎ》大将に扮した白髭の高齢者の名物コスプレイヤーが人気だった。参拝客のカップルがアイドルと写真を撮るようにコスプレをした「兵士」や「看護婦」と楽し気に写真を撮っている。そもそも彼（女）らは乃木希典《まれすけ》が誰かも知らないし、陸軍も海軍も関係ないのだろう。

　さらにもう一例。二〇一七年九月、沖縄県読谷村の「チビチリガマ」が地元の少年たちに荒らされるという衝撃的な事件を覚えている方もいると思う。少年たちが、沖縄戦で集団自決があった「チビチリガマ」を心霊スポットとして肝試しの場にしたのだ。沖縄の少年たちでさえ、沖縄戦の悲劇をきちんと知らずにゲーム感覚でとらえている。

「戦争」や「特攻」が意外な目的で利用されている事例を紹介しよう。社会学者の井上義和の調査によると、陸軍の特攻隊基地だった知覧特攻平和会館（鹿児島県）の見学が、これまでの戦争の悲惨さを学ぶ反戦平和学習の場[7]ではなく、企業の社員教育やスポーツの選手育成の場などの「活入れ」として利用されている。ここでは知覧特攻という戦場体験が具体的にどうであったかは興味の対象ではなく、国のために死んでいった兵士たちの特攻精神（遺志）とその体現化である遺書を現代的なニーズ（自己啓発受容）として読み替えている。つまり、知覧での特攻隊の物語が訪問者の生き方をポジティブに変える、人生観を変える不思議な力として受容され求められているというのだ[8]。

　特攻隊の生き残りの岩井忠正さんが聞いたらなんと言うだろうか。「恰好よく死んで逝ったんじゃないんだ。みんな本当は死にたくなかったんだ」と喝破するに違いない。さらに特攻機の整備兵は出撃前に恐怖で足が竦んで機体に乗り込めない特攻兵の姿を語った。

井上はこのような戦場体験者からの反論や研究者からの批判は百も承知なのだ。[9] 井上は、近いうちに戦場体験の当事者がいなくなり、世代交代やメディア環境の変化によって、戦場体験の継承の方法として「記憶の継承」（「負の感情」）が困難になり、特攻隊の遺書を活入れと見なすような「遺志の継承」（「正の感情」）の存在感が増してくるという。[10] 現代の若い世代が知覧で、特攻兵の遺書を自らの人生の「活入れ」と捉えることは否定しないが、特攻兵が遺書に必ずしも本当の気持ちを書けなかった事実を知ったとしたら、活入れに感動し、感謝の念をもった若い世代にも「負の感情」が過るに違いない。「遺志の継承者」がふとしたきっかけで「記憶の継承者」にシフトする可能性だってあるかもしれない。感情の継承を裏付ける歴史的事実の検証と継承が改めて重要となる。特攻隊の遺書に「正の感情」だけを持ち続けた先に、命を懸けて国や組織に身を投じることが良しとされる社会が待っているとしたらゾッとする。未来の「遺志の継承者」が、次なる戦争の有力な当事者候補にシフトする土壌をもってしまうのではないかと危惧する。

岩井さんは「遺書には本心が書かれていない。本心は書けなかった」と語った。こうした証言は岩井さんだけではなく、戦友会などでもたびたび話題になった。遺書は一次史料として貴重だが、必ずしも遺書（史実）に真実が記されているとは限らない。

遺書に書けなかった特攻兵の「声」に耳を傾けてもらえれば、「遺志の継承」とはまた違った見方ができると思うのだが……。

当事者がいなくなった今、非当事者ができるのは、できるだけ戦場跡や戦争遺跡や資料館や博物館を訪れることだ。旧戦場跡などの「現場」に立つと感情が揺り動かされる。心が揺さぶられる体験が次世代に戦場体験を伝えるきっかけになるからだ。私がガイドをしている慶應大学日吉キャンパス（横浜市港北区）の敷地内にある連合艦隊司令部地下壕および地上の施設（校舎や寄宿舎やチャペルも含む）の見学もお勧めしたい。[11] 戦時中、軍隊と縁遠いはずの大学キャンパスまでが海軍の施設として利用され、慶應の学生も戦場へ向かった。戦争末期、この日吉から戦艦大和や神風特別攻撃隊などの特攻命令が発令されている。

同キャンパス内の慶應義塾高校の阿久澤武史校長は、地上から三〇メートル深く掘られた連合艦隊地下壕の作戦室で生徒に、一九四五年五月一一日に知覧から沖縄に向けて特攻出撃し特攻死した慶應大学経済学部出身の上原良司（享年二二歳）の出撃前の所感を朗読させる特別授業を行っている。[12]「明日は自由主義者が一人この世から去って行きます」[13] で有名な上原良司の所感は、特攻前日に軍報道班員の高木俊朗の依頼に応じて書いた、まさに「遺書」である。上原は高木から検閲を受けることがないと聞いて、所感に本当の気持ちを書けたのである。上原は、学生生活を謳歌していた日吉のキャンパスから出された特攻命令によって出撃し、二度と学び舎に戻れなかった。慶應高校の生徒は、同じ日吉にいた同世代の上原を身近に感じ、非日常の暗闇の地下壕の中で上原に出会う体験をする。今の自分と過去の戦場がふと繋がる瞬間に出会うのだ。最初は単なる好奇心でもいい。心が揺さぶられる瞬間がくれば、それが「戦争体験」の継承につながっていく。

長年戦場体験者に寄り添ってきた私も、おじいさんたちの戦場体験はそのままで継承することは絶対にできない。戦場体験者の生き写しのように継承することは不可能なだけでなく、継承の意味をなさない。一人のおじいさんの体験談や叙述は一つの素材（歴史史料）に過ぎず、その素材をその時の社会的、政治的状況に即して個人の思想に落とし込んで、はじめて歴史事実が歴史化される。素材を思想に落とし込む時に心揺さぶられる瞬間が誰にでもあるはずだ。そうした情動が歴史を紡ぎ継承する原動力になる。私はこれを勝手に「感情の歴史学」と名付けた。戦場体験者の体験談や叙述などの史料（映像も含めて）をただ単に収集し整理するだけでは、戦場体験を継承したことにならない。それらを現在の状況の中でどう生かして行くかが継承の最も重要な課題である。そういう意味で日吉のキャンパス内の数々の戦争遺跡（モノ）は、当事者（ヒト）がいなくなったあとの継承の有力な手段となりうるだろう。

日ごろ接している大学生に、非当事者がどうすれば「戦場体験」を継承できるかと聞いてみると、女子学生は「友人を作ることです」と答えた。大学に入って沖縄出身の友人が出来て、今までも沖縄のことは知っていたつもりだったが、友人の故郷の現在の問題を初めて身近に捉えられるようになったそうだ。友人の口から語られる言葉にぐっときて、今、沖縄のことを歴史から学ぼうと思ったと、彼女は言った。

男子学生は、ウクライナからの留学生と話す機会があり、「これからウクライナのためにどうしますか？」と聞いた。ウクライナの学生は「今は日本で生きていくことで精一杯で先のことが考えられない、不安な気持ちでいっぱいだ」と答えた。男子学生は自分がいかに対岸の火事と思っていたかとハッとして、学生生活で困ったことがないか、同じ学生の目線でできることをしたいと話した。

二人の学生たちは自らの足元の身近な「戦争」に触れる機会をもったことで、心を揺さぶられる体験をし、同世代の若者として今の状況の中で自分が出来ることを実践していくだろう。彼らの体験談を聞いてぐっときた。歴史的事実だけでなく、語り手の複雑な気持ちや苦しみや悲しみの「声」に耳を傾けながら、今までおじいさんたちから聴いた戦場体験の数々を歴史化しながら、私の言葉で自分の中に生まれてくる感情とともに伝えていきたい。そのとき様々な「声」を紡ぎながら情動や魂を重視する「感情の歴史学」が手助けをしてくれるに違いない。

1　日本では二〇〇二年に、ポール・トンプソン『記憶から歴史へ――オーラル・ヒストリーの世界』（酒井順子訳、青木書店）というタイトルで翻訳された。同時期に日本オーラル・ヒストリー学会が創立された。
2　大門正克『語る歴史、聞く歴史――オーラル・ヒストリーの現場から』岩波新書、二〇一七年、一四五頁。

3　P・トンプソン、前掲書、四四頁。
4　リーベンクイズとは「日本鬼子」の中国語読みで、「日本の悪魔」を意味する。日中戦争で虐殺、強姦、略奪、放火などの蛮行を重ねた日本兵に対する蔑称。
5　不戦兵士・市民の会（理事）、日吉台地下壕保存の会（運営委員）、日本ミャンマー友好協会（理事）、神戸ミャンマー皆好会（会員）、撫順の奇蹟を受け継ぐ会（会員）、中帰連平和記念館（会員）、アクティブ・ミュージアム 女たちの戦争と平和資料館（会員）、ブリッジ・フォー・ピース（会員）など。
6　戦争の地上戦、銃撃戦を模した、日本発祥のシューティング・ゲームのことで、略して「サバゲー」と呼ぶこともある。
7　反戦平和学習の場の例として、知覧特攻平和会館「見学」を扱った歴史実践の記録、山元研二『「特攻」を子どもにどう教えるか』高文研、二〇二二年を参照されたい。
8　詳しくは井上義和『未来の戦死に向き合うためのノート』（創元社、二〇一九年）を参照されたい（三章、四章）。
9　井上批判として、社会学者の蘭信三による批判論文「『特攻による活入れ』という衝撃――『記憶の継承から遺志の継承へ』モデルの批判的検討」（『戦争社会学研究』一号、二〇一七年）を挙げたい。蘭は井上の戦争体験の理解を「薄っぺら・浅い」、また「記憶の継承」と「遺志の継承」との二項対立は、単純なステレオタイプ的なモデルだと批判する。蘭の批判に対し井上が『未来の戦死に向き合うためのノート』二三七―二五七頁で応答している。
10　井上義和、前掲書、二四一頁。
11　戦争末期、慶應日吉キャンパス一帯に連合艦隊司令部をはじめ海軍の複数の部局が移転。海軍は日吉キャンパスの地上施設を利用し、大規模な地下施設（地下壕）を日吉一帯に建設。現在は日吉キャンパス内の連合艦隊司令部地下壕のみ見学可能。一九八九年に市民団体である日吉台地下壕保存の会が地下壕の保存・調査・活用を目的に発足した。
12　阿久澤校長は日吉台地下壕保存の会の会長で、『キャンパスの戦争――慶應日吉１９３４―１９４９』（慶應義塾大学出版会、二〇二三年）を上梓。日吉キャンパスが戦争に巻き込まれていく過程が様々な角度から描かれている。
13　戦没学徒兵の遺稿集として有名な『新版きけわだつみのこえ』（岩波文庫）の冒頭に記載。

あとがき

二〇二三年四月の拉孟《らもう》守備隊の戦没者慰霊祭は、新しい「世話人」の尽力で、二〇名近い遺族が福岡護国神社に二年半ぶりに集った。これまで慰霊祭は春（四月七日）と秋（九月七日）の年二回、拉孟守備隊のゆかりの地の福岡で行われてきたが、コロナ禍で戦没者慰霊祭がしばらく取り止めになっていただけに、皆で無事を噛みしめながら再会を喜び合った。

一〇四歳の八坂熊喜さんがお孫さんに車椅子を引いてもらいながら参列され、唯一の戦友の参加にとりわけ皆が沸いた。八坂さん自身は激戦地のニューギニア戦の生き残りだが、拉孟戦で戦死した弟の八坂礎士さんの死を悼み続け、一〇四歳になってもなお「優秀な弟と自分が入れ替わりたかった」と語る。はじめて参列されたお孫さんは「遺族の方々と接して慰霊祭に対する気持ちが以前と変わった」と話した。その言葉を聞いてお仲間が増えた気がしている。

八〇歳を超す姉妹は、幼い時に別れ、拉孟で戦死した父を偲んで人目も憚らずに肩を寄せ合って号泣した。全滅戦から生きて帰ってきたことを悔み続けた元将校は、戦没した戦友の忘れ形見の娘の面倒を我が子のようにみたという。戦後七八年が経っても戦没者慰霊祭という場では抑えている感情がほとばしる。

今春の慰霊祭再開の運びは、私の突拍子もないある行動が「呼び水」となった。二〇二二年九月六日、私は真宗大谷派の講演会のために福井に向かった。翌日の九月七日が拉孟守備隊の命日（全滅日）。福井行の数日前に、拉孟の遺族の徳永さんに「福井からちょっと足を伸ばせば福岡だから、単身でお参りしてきます」と一報を入れた。後から徳永さんは呆れて言った。「遠藤さん、福井と福岡はちょっと足を伸ばす距離ではないです。すごく遠いですよ。この人、大丈夫かと思いました（笑）」

その夜から翌日にかけて台風の影響で九州地方の天気が荒れていた。普通ならここで断念するのだが、能天気な「お世話係」は福井の講演後の夕方、京都まで行き新幹線に飛び乗った。この時点で広島までしか行けないとのアナウンスが入る。まぁなんとかなるだろう。行けるところまで行こうと深く考えず行動してしまう悪い癖が出た。結果としてなんとかなったのだが、私のせいで数日間、福岡ではてんてこ舞いだったそうだ。徳永さんは龍兵団福岡地区戦友会世話人の藤井正典さんに遠藤が拉孟の墓参にむかっていると話した。八〇歳を過ぎた藤井さんは、コロナ禍で体調に自信が持てなくなっており、拉孟の戦没者慰霊祭の世話人を続けるのが難しいと考えていた。そんな矢先にわざわざ遠方からやって来る遺族でもない遠藤一人に墓参させるわけには行かないと思ったのだろう。急な話でご迷惑をおかけしたが、結果としてこれが福岡地区戦友会の戦没者慰霊祭の再開のきっかけとなったようで、藤井さんは一〇歳以上若い徳永さんに世話人の「バトン」を渡す決意を固められた。これまでも慰霊祭の度に東京からやって来る私を福岡の皆さんは歓待してくれた。

徳永さんは若輩者が世話人なんて畏れ多いと「連絡係」と自称しているが、そんなことはなく名実ともに頼もしい世話人が誕生した。藤井さんも長年の重責から解かれ安堵されたと思う。戦友会も慰霊祭も縁の深い遺族がまとめ役をされるのが本筋なのだが、内部にいると戦友の階級が微妙に遺族間に継承される節もあり、尉官か佐官クラスの戦友の遺族が引き継ぐのが順当であるかのような雰囲気が漂う。そんなこんなで次世代にも見えない「階級」の壁が立ちはだかっている。とくに徳永さんは実母の前夫が戦没者だ。つまり彼は「間接的な遺族」という微妙な立ち位置。世話人の藤井さんの手伝いをしたいと常々思いながらも、なかなか言い出しづらかったのではないかと推察する。

遺族でもない「お世話係」のもう一つの顔が「ボンドガール」。得意技は遺族間の繋ぎ役（ボンド）。今回も戦没者慰霊祭の世話人の「バトン」を取り継ぐことに成功した（よく言うよ）。

さて、福岡は世話人の引き継ぎがうまくいったが、東京はどうかというと、こちらも遺族でもないが、表向きではあるが龍兵団東京地区戦友会の「世話人」を仰せつかっている。すでに書いたが、東京地区の世話人を引き継げる適任者が見つからなかった。ラストプライオリティとして、東京地区戦友会の関会長は私を指名した。

ある時、関会長から「龍兵団東京地区戦友会幹事 遠藤美幸」と彫られたゴム印を手渡された。バトン、いや引導を渡されたとも取れなくもないが……。

『戦友会世話人』は遺族でもないあなたには荷が重いだろうから『幹事』としました」

関さんの細やかな配慮だ。そして、「遠藤さん、いろいろ大変だろうが龍のことをよろしく頼みます」と、深々と頭を下げた。

拉孟の関山陣地の関隊長の「遺言（命令）」にノーとは言えず、不肖「お世話係」は、「最後の一人（一兵）になっても拉孟守備隊の戦没者慰霊祭はやります」と言ってしまった。

来る日に、私は世話人の「バトン」を誰に渡せばよいのだろう。遺族がよいに決まっているが、縁があれば遺族でなくともよし。集まるのは靖国神社でなくともよし。戦争で亡くなったすべての人々を悼む場所で慰霊祭がやれるようになればさらによし。

二度と戦争をしない、戦没者を出さない、新たな戦没者慰霊祭をしなくてもよい、そんな未来が一番いいに決まっている。若い人たちには、慰霊祭の「バトン」を手渡す必要などない時代に生きてもらいたいというのが本音だ。

今では大切な文通相手の一〇四歳の細谷さんが、二〇二三年の三月末にこんな葉書を送ってくれた。

不戦こそ　最高の慰霊　花ひらく
戦友よ　祖国はいま　さくら爛漫

*

本書は、生きのびるブックスのウェブ連載（二〇二一年八月〜二〇二三年二月）をベースにしている。当初は「見切り発車」もいいところで、連載を全うできるだろうかと、「途中下車」をしたくなるほど不安に駆られたが、たくさんの方々の協力と支援のおかげでなんとか書籍化に漕ぎつけた。

本書の執筆は、元兵士、家族の皆さんの惜しみない協力と支援なくしては到底成し得なかった。これまで長い間、私を信頼して、貴重な戦場体験や様々な思いを語ってくださったことに、心より感謝を申し上げたい。力不足で皆さんの語りと思いを十分に反映できていないと反省しつつも、戦場体験だけにとどまらず、まるごとの生き様や信条を語ってくださったことが、私の人生の後半戦の大きな糧となった。元兵士の家族の皆さんにはまるで本当の「家族」のように温かく接して頂いた。この場をお借りしてお世話になった多くの皆様に深くお礼を申し上げたい。

息切れしそうな道のりを伴走してくれた編集者の篠田里香さんにもお礼を述べたい。篠田さんの励ましと適切な助言のおかげで何とか完走することができた。また、連載中に読者の方々からその都度、励みになる感想や意見を頂いたことも、間違いなく私の執筆の原動力となった。

「主婦研究者」のもっぱらの研究及び執筆場所は、自宅のリビングと台所である。私は「書斎」を一度ももったことがない。台所の至る所に、鍋やフライパンと一緒に所せましと書籍がびっしりと収められて、ダイニングテーブルにはパソコンと資料が山積みになっている。食事時には片付けなくてはならない、常にフレキシビリティが求められる「書斎」なのだ。すぐ隣で夫が人気ドラマの『相棒』を観ていても、息子がサッカー観戦で雄叫びをあげていても、娘がアリアを歌っていても何のその、抜群の集中力を発揮する「主婦研究者」はあらゆる逆境にも動じない。ちょっと変わった妻であり母だが、いつも温かいエールを送り続けてくれている家族には日頃から感謝している。そして、癒しの愛犬アポロにもありがとう。

本書を大切な家族に捧げたいと思う。

二〇二三年秋　　遠藤美幸

遠藤美幸（えんどう・みゆき）

1963年生まれ。イギリス近代史、ビルマ戦史研究者。神田外語大学・埼玉大学兼任講師（歴史学）。不戦兵士を語り継ぐ会（旧・不戦兵士・市民の会）共同代表、日吉台地下壕保存の会運営委員、日本ミャンマー友好協会理事。2002年から元兵士の戦場体験を聴き続けている。著書に『「戦場体験」を受け継ぐということ――ビルマルートの拉孟全滅戦の生存者を尋ね歩いて』（高文研）、『なぜ戦争体験を継承するのか』（共著、みずき書林）がある。

カバー絵：髙木大地〈Moonlight〉2022年

IKINOBIRU BOOKS

悼《いた》むひと
元兵士《もとへいし》と家族《かぞく》をめぐるオーラル・ヒストリー

2023年11月30日　初版第1刷発行

著者　遠藤美幸《えんどうみゆき》

発行者　佐々木一成
発行所　生きのびるブックス株式会社
〒150-0021
東京都渋谷区恵比寿西1-33-15
EN代官山1001モッシュブックス内
電話　03-5784-5791
FAX　03-5784-5793
https://www.ikinobirubooks.co.jp
ブックデザイン　重実生哉
印刷・製本　萩原印刷株式会社

ISBN 978-4-910790-15-2　C0095